欧洲文学中的中国形象研究

本书为湖北省社科基金资助项目成果（项目编号：2017075）

他者形象与“中国梦”

——以赫尔曼·黑塞为例

卢伟　著

WUHAN UNIVERSITY PRESS
武汉大学出版社

图书在版编目(CIP)数据

他者形象与"中国梦":以赫尔曼·黑塞为例/卢伟著.—武汉:武汉大学出版社,2021.12

欧洲文学中的中国形象研究

ISBN 978-7-307-21947-2

Ⅰ.他… Ⅱ.卢… Ⅲ.①黑塞(Hesse, Hermann 1877-1962)—小说研究 ②国家—形象—研究—中国 Ⅳ.①I516.074 ②D6

中国版本图书馆 CIP 数据核字(2020)第 227178 号

责任编辑:胡国民　　责任校对:汪欣怡　　版式设计:马　佳

出版发行:**武汉大学出版社**　(430072 武昌 珞珈山)

(电子邮箱:cbs22@whu.edu.cn 网址:www.wdp.com.cn)

印刷:武汉中科兴业印务有限公司

开本:720×1000　1/16　印张:11　字数:156 千字　插页:1

版次:2021 年 12 月第 1 版　2021 年 12 月第 1 次印刷

ISBN 978-7-307-21947-2　定价:50.00 元

前　言

妖魔化与民族化、祛魅与返魅、魔术与模仿、学习与超越……本书所要论述的关于赫尔曼·黑塞的一切，关于他小说中的中国形象的一切，都统摄于一个宏大的或许是过于宏大的目标之下：中国，在作为他者被西方凝视的数百年内，其形象发生过翻天覆地的变化，而这种变化产生的结果，绝非仅仅限于西方视野之内，更绝非仅仅局限于文学领域。自近代以来，中国无论在现实历史中，还是在观念和思维上，都颇受西方影响，甚至可以干脆地说，被摧枯拉朽般横扫了一遍又一遍。以至于时至今日，中国到底以何种形象存在于历史和观念之中，又以何种境遇存在于现实之中，最终又应该以何种姿态面对未来的挑战，都成为众说纷纭的谜题。要解开这个谜题，首先必须对中国形象有一番细致且经得起理性思维和辩证法推敲的认知——在这里，笔者绝不敢妄言“客观”或“全面”。其次，应以一种超越于民族主义和虚无主义之上的观念来观察历史、现状和我们的心灵。要达到这一目标绝非易事，其途径也绝非一条。而研究黑塞小说的中国形象，或许可成为万般法门之一。

一、研究背景与动机

开宗明义，笔者之所以研究德国文学，乃是由于德国文化——哲学、社会学、历史学、自然科学，乃至军事、政治、经济制度——对近代以来中国社会文化变迁之影响不可小觑。而之所以在德国文学中特别选择赫尔曼·黑塞来研究，更是渊源有自。赫尔曼·黑塞是德国继歌德、席勒后百年再起的伟大作家，与托马斯·曼齐名。后者于 1929 年获得诺贝尔文学奖，黑塞于 1946 年获奖。两人都具有某种“精神贵族”的气质——衣食无忧，离群索居，沉溺于玄妙的哲思。出于敏锐的眼光和深邃的思想，两人很早就对德国国家命运和民族特征产生过细致入微的思考，并因此都在 20 世纪上半叶早早看清时代潮流，成为坚定的反法西斯主义者，成为“德国的良心”。相形之下，托马斯·曼头脑更加敏锐和理性，擅长立足于德国本位思考东西文化差异、人类之命运等宏大题目。而赫尔曼·黑塞则较为感性、神秘，更明显地倒向东方文化而终其一生保持着东方哲人式的浪漫诗人性格。“黑塞的著作，由于它不拘一格的风格，折射出德国乃至整个西欧世界 20 世纪前几十年文学和思想史的许多东西（Hesse's work, because of its eclectic nature, reflects much of the literary and intellectual history of Germany, indeed of Western Europe in the first few decades of this century）。”① 两人在艺术家命运、艺术之本质、流浪者意象、精神家园意象等主题上都颇多着墨，各有建树。鉴于黑塞对东方文化——主要是印度文化和中国文化，其中又以中国文化为甚——几近癫狂的沉迷，欲实现上述通过研究德国文学而返观中国社会文化的目的，则黑塞无疑是最为理想的选择。

黑塞精研中国文化数十年，较之同样对中国文化深感兴趣的歌德和托尔斯泰都更为精深。他对东方的兴趣，从波斯拜火教一直延伸到印度佛教思想，再经由佛教抵达最东方的中国（详见本书第三章第二节）。黑塞对于中国文化熟悉的程度，可能要大大超出许多人的意料之外。下文对此有非常细致的分析，此处仅略举一例：

《孔子集语》：

> 仲尼，鲁人，生不知易，本偶筮其命，得旅，请益于商瞿氏，曰：“子有圣智而无位。”孔子泣而曰：“天也命也，凤凰不来，河无

① Klaus W. Jonas. Book review on Hermann Hesse. His Mind and Art [J]. The Modern Language Journal, 1969, 53 (2): 129.

> 图至，呜呼！天命之也。”叹讫而息志。

孔子早年并不懂得《周易》，偶然占卜命运，得到“旅”卦。他向商瞿氏请教卦象，商瞿解卦说：“你有圣人的智慧，却没有圣人的权位。”孔子因而心灰意冷，认为“凤凰不来，河无图至”，这是天命如此，自己注定一生奔波呼号却无人问津。孔子从此进入“知天命”的境界，苦研易经乃至韦编三绝。

令人啧啧称奇的是，黑塞生命的最后一部小说、其对东方智慧研究的集大成者《玻璃球游戏》也有相似情节：

> 克乃西特出发前按占卜仪式用蓍草算了一卦，六爻俱得而卦成，他占得的是“旅”卦，意为“旅客”，判词是：“旅。小享，旅贞吉。”克乃西特查了《易经》，找到“六二”的释辞。释文为：“旅即次，怀其资，得童仆贞。”①

小说的主人公克乃西特是个孤儿，自幼进入“卡斯塔里学园”（一个虚构的人类学术精神共同体）钻研各种学问，试图掌握人类精神文明的最高真谛及其象征物——“玻璃球游戏”。他刻苦学习，乐于苦思冥想并与人辩论，学问迅速增长。在基本学成之时，他被派遣到“玛丽亚费尔修道院”交流学习。后者是一所具有东方精神的神秘修道院，克乃西特在那里似乎也进入另一重生命境界。他变得更加心平气和，并且具有某种孔子式的“知其不可为而为之”（《论语·宪问》）的殉道精神。最终他辞去了历经千辛万苦才赢得的“玻璃球游戏大师”的学园最高职务，投入世俗的启蒙工作中去，随即在一场意外中去世。

迄今没有证据表明黑塞小说的这一情节与中国古代典籍有任何关

① ［德］赫尔曼·黑塞．玻璃球游戏［M］．张佩芬，译．上海：上海译文出版社，2011：123.

联——一方面，关于黑塞作品与中国典籍的对位研究一直较为缺乏；另一方面，黑塞本人的创作风格也决定了中国形象在他的作品中无处不在，又难觅具体踪迹。在《玻璃球游戏》中，也只不过含蓄而简单地提及了《吕氏春秋》对中国古典音乐内涵的评价，以及《易经》中的“蒙”卦和上述的“旅”卦，加上“贲”卦等其他几个卦中的一两句爻辞。“黑塞对于《易经》和其他中国古典智慧是下过多年功夫并相当熟悉的，但他又是谦逊的，懂得分寸感，他并不打算在小说中过多炫耀相关的学识，至少从小说文本的情况看来是如此。”① 在这种情形下，黑塞小说中的情节能够与《孔子家语》取得对应，有可能是黑塞的借鉴，也有可能是冥冥中的相契。无论是哪种情况，都足以证明黑塞对中国传统文化的熟稔程度以及对中国形象在“神似”层面的精准把握。因此，选择黑塞作品中的中国形象作为研究对象，大有文章可做。

研究德国文学和黑塞，无论出发点还是落脚点，都是万里之外的此岸——中国。更具体地讲，则是中国传统文化的现代转型问题。

近代中国，自晚清有识之士“开眼看世界”以来，由于历史的原因，也由于时代紧迫感和民族责任感，对于国家形象的重塑、对于国际关系的重新认识、对于异国形象之嬗变的认知，一直是各个社会人文学科领域的学者们念兹在兹、孜孜以求的话题。无数学者方家提出了诸多解决“中国走向何处”问题的方案，而这诸多方案，无不建基于“中国是什么”的国家形象构建以及“外国是什么”的异国想象。这就涉及想象和形象认知。时至今日，对这一问题的争论仍在继续，而恰恰由于对这一问题的认识不同，才造成了诸多理论、学派之间的争讼不已，甚至反目成仇、不共戴天。因此，研究这一问题十分重要。可以说，正确认识和把握国家形象，是对“治国方案”进行下一步研究的前提条件。

英国学者 Elizabeth Hope Chang 在其著作《不列颠的中国眼：19 世纪

---

① 张弘，余匡复．黑塞与东西方文化的整合［M］．上海：华东师范大学出版社，2010：463.

的英国文学、帝国和美学》中曾说：“第一，我们永远对文化产生观念的途径感兴趣；第二，我们同样对文化实践传递以及重现观念的途径感兴趣；第三，特别是关于中国的一些东西，尤其有助于阐明西方视野下的陌生性。(First, that we are forever interested in the ways that cultures make perceptions; second, that we are equally interested in the ways that cultural practice relays and represents that perceptual experience; and third, that there is something about China in particular especially conducive to articulating the strangeness of that process for the Western eye)”①换言之，对于异国形象的研究，尤其是对其产生的途径和其承载的观念的研究，对于厘清“真实”与“形象”的关系至关重要。黑塞小说在这方面恰能提供最为独特和富有内涵的研究样本。

二、国内外研究现状

基于上述缘由，形象学研究一直是比较文学研究的主流阵地。在这方面，国内外学者做出了大量的研究，也贡献了不少优秀的成果。单就近年的比较文学专业博士研究生论文而言，就有许多涉及形象学研究的，如《陀思妥耶夫斯基比较研究》(田全金，2008年)、《雪莱在中国(1905—1937)》(张静，2012)、《索尔仁尼琴：历史语境与文明冲突中的反抗性写作》(龙瑜宬，2012)等。如果把眼光拓展到整个比较文学研究领域，优秀的成果更多，如赵毅衡写于1983年的《远游的诗神》，便分析了中国古典诗词在西方的传播和接受。

黑塞是20世纪德国文学的大家，在欧美学术界研究者众多。

当然，对黑塞的研究并非一开始就那么火热。至少在20世纪上半叶，黑塞在学术界还远谈不上被重视，直到20世纪60年代，黑塞的作品才作为一种文学现象被广泛关注，进而在美国掀起以追捧《荒原狼》为典型特

① Elizabeth Hope Chang. Britain's Chinese Eye: literature, empire, and aesthetics in nineteenth-century Britain [M]. Stanford: Stanford University Press, 2010: 22.

征的“黑塞热”。美国学者 Mark Boulby 在 1967 年发表的《赫尔曼·黑塞：他的思想和艺术》中写道：“在过去的数年里，赫尔曼·黑塞终于被这个国家（美国）作为世界文学的重要人物而接受。”① Boulby 还将黑塞称作“长期被忽视的作家”（long-neglected writer）。这个描述非常恰当，不仅对民众如此，对专业的文学研究者来说也是如此。在“黑塞热”发生之前将近 20 年，1948 年 7 月 2 日，在赫尔曼·黑塞的 70 岁生日上，Claude Hill 作了《赫尔曼·黑塞与德国》（*Hermann Hesse and Germany*）的演讲。演讲的一开头，他就以诙谐的语言说道：“当诺贝尔文学奖在 1946 年颁给赫尔曼·黑塞的时候，不仅美国的公众，就连德国的大学学者们都大吃一惊。当然，人们还记得有一个叫做黑塞的作家，他写了一些过时的（outdated）小说和故事，比如《卡门青德》啦、《克努尔普》啦，还有《德米安》《荒原狼》什么的。但是另一方面，人们又对他知之甚少。他住在德国吗？他是德国公民吗？他是流亡者吗？他住在加利福尼亚吗？最重要的是，为什么是他，获得了诺贝尔奖？难道不是海因里希·曼（Heinrich Mann）或者弗里茨·冯·安鲁（Fritz von Unruh）更重要吗？”②一直到六七十年代，这种近乎遗忘的状态才得以改变，对黑塞的深入研究得以迅猛发展。

相比之下，中国国内对黑塞的研究虽不属空白，但仍处于起步阶段。在中国国内，20 世纪 80 年代前黑塞的作品翻译几近空白，更遑论对其进行学术研究了。改革开放后，黑塞的主要小说、诗歌和散文才陆续有了中译本。迄今，全国已出版黑塞著作不下二十种，基本囊括了黑塞早中晚各期的代表作品（其较有影响的译本见表 1-1）。在此基础上，对黑塞的研究才有可能进行。就笔者所了解到的而言，目前国内从事黑塞研究的学者多为德语文学专业的专家学者，基本上是在翻译黑塞作品的业余，整理资料撰写文章，介绍黑塞的生平和作品。如张佩芬先生撰写的《黑塞研究》

---

① Boulby, Mark. Hermann Hesse. His Mind and Art [M]. Ithaca, New York: Cornell University Press, 1967: 338.

② Claude Hill. Hermann Hesse and Germany [J]. The German Quarterly, 1948, 21 (1): 9.

(2006)。而从比较文学、比较文化的角度去剖析的，尚未见到，从这个角度来说，本书具有较大的创新性。

表 1-1　　　　**黑塞主要作品一览表**

序号	出版时间	原名	译名一	译名二	备注
1	1904	Peter Camenzind	乡愁	彼得·卡门青德	
2	1906	Unterm Rad	在轮下	心灵的归宿	
3	1910	Gertrud	生命之歌	歌特露德	亦译作《盖特露德》
4	1914	Rosshalde	艺术家的命运	/	
5	1915	Knulp	漂泊的灵魂	克努尔普	即《克诺尔普》
6	1915	Musik des Einsamen	孤独者之歌	/	
7	1916	Schön ist die Jugend	美丽的青春	/	
8	1919	Demian	彷徨少年时	德米安	
9	1922	Siddhartha	流浪者之歌	悉达多	亦译作《悉达多求道记》《席特哈尔塔》
10	1927	Der Steppenwolf	荒原狼	/	
11	1929	Eine Bibliothek der Weltliteratur	读书随感	如何阅读世界文学	
12	1930	Narziss und Goldmund	知识与爱情	纳尔齐斯与哥特蒙德	
13	1932	Die Morgenlandfahrt	东方之旅	/	
14	1943	Das Glasperlenspiel	玻璃珠游戏	玻璃球游戏	

注：译名一为上海三联书店 2013 年出版的《赫尔曼·黑塞作品集》所采用的名字；译名二为其他早期版本曾用名。

最后要说明的一点是，黑塞作品众多，中国对黑塞作品的翻译，虽然起步很早，但进展较为缓慢。正如国内翻译和研究黑塞的大家张佩芬前辈所言："在中国国内，上世纪80年代前，对他的作品翻译几近空白，仅于1936年出版了他的中篇小说《美丽青春》。此后二十多年，情况有了很大变化，他的主要小说、诗歌和散文都陆续有了中译本。据我所知，迄至2011年谢莹莹翻译的《黑塞之中国》问世，全国已出版黑塞著作不下二十种，较有影响的译本有：《在轮下》（张佑中译），《卡门青德》（胡其鼎译），《纳尔齐斯与歌尔德蒙》（杨武能译），《荒原狼》（有赵登荣、倪诚恩和李世隆、刘泽珪两种译本），《黑塞诗选》（钱春绮译），《黑塞小说散文选》（张佩芬、王克澄等译），《朝圣者之歌——黑塞诗歌散文选》（谢莹莹等译）以及《堤契诺之歌》（窦维仪译）。我个人则出了三种：《黑塞小说散文选》（1986年），内收作者著名中篇《悉达多》（当时译为《席特哈尔塔》）、《黑塞散文选》（1997年）和《玻璃球游戏》（1998年），并撰写了一本《黑塞研究》（2006年）。"①由于译者众多，既有大陆学者，也有台湾地区学者；即有老一代学人，又有新时期译者，各家翻译风格不同，译法也多样。因此有必要厘清译名。目前国内出版黑赛作品较为齐全的一套集子，为上海三联书店2013年出版的《赫尔曼·黑塞作品集》15册，共收录黑塞早、中、晚期小说12部、诗集1部、读书随笔1部，共14部，其中《玻璃珠游戏》分为上、下两册。该版本基本囊括了黑塞的重要作品，对于国内的黑塞作品爱好者和研究者来说可谓善莫大焉。白璧微瑕，这一套书多为台湾地区翻译家译笔，部分作品的遣词造句对于大陆读者来说难免有少许相隔之感，且从书名到小说人物译名，大多采用的是与大陆常用译法相异的名字（如《悉达多》译为《流浪者之歌》，《卡门青德》译为《乡愁》，《玻璃球游戏》主人公在大陆的张佩芬译本中为"克乃西特"，在三联版中则为"克尼克"，弗洛伊德的弟子荣格译为"杨格"，

① ［德］赫尔曼·黑塞．悉达多［M］．张佩芬，译．上海：上海译文出版社，2013：（译序）1.

等等)，甚至有同一套书内不同译者所用译法不同的现象（如《流浪者之歌》中的摆渡人 Vasudeva，徐进夫译为“婆薮天”，采音译兼意译的方法；蔡进松则在《东方之旅》外二则的《渡船夫》中译为“华素德伐”，采完全音译的方法)。另外亦有少许编校错误，令人感到遗憾。但瑕不掩瑜，这套书的重要性不容否认。笔者以上海三联书店这一套丛书为蓝本，兼顾国内早期其他译本，如前表 1-1 所示，以方便索引，避免行文中出现前后译名不一致的情况。

黑塞作品有明显的分期。最粗略的分法，即以 1919 年第一次世界大战结束为界，分为前期和后期。前期跨度为 1904—1919 年，共 16 年。其此时期的作品清秀娟丽，多描写自然风光和艺术家命运。后期跨度为 1920—1943 年，共 24 年。作品则为黑塞著名的“向内之路”的产物，转向东方文化和神秘主义哲学，尤以印度佛教及中国周易学、道教、儒家思想为主，并从追问个人命运发展到探究宗教精神团体、人类共同体之命运。如果再细分一点的话，则可分为早、中、晚三期，即将其后期作品除《玻璃球游戏》① 之外的看作中期作品，主要以印度的神秘主义哲学和主人公的个人主义为特色。而其最后一部小说《玻璃球游戏》在创作时间上与其他作品相隔 10 年以上，其主旨更倾向于中国文化而非印度，主人公具有更明显的浮士德气质和入世精神，因此可以单独列为晚期作品。当然，需要强调的是，在其中期作品中，也并非没有中国文化的影子。

三、研究方法

本书拟采用比较文学形象学研究的方法，着重对黑塞小说中的中国形象进行研究，尤其是对其涉及“套话”的内容，作寻根溯源式的研究。一方面，研究中国“套话”在历史上的变迁，以及黑塞所处时代对包括中国在内的东方世界的“套话”系统；另一方面，通过对黑塞小说文本的细读

① 按：上海三联书店版为《玻璃珠游戏》，而国内更常见的译名为张佩芬译《玻璃球游戏》，本书从后者。

和阐释，解读作者内心世界和其作品中的中国形象，并将其概括为一种“逆向套话”。这种“逆向套话”的根本特征在于，它并不制造刻板印象以讨好大众、推动娱乐化的偏见和情节，而是旨在以种种晦涩的、魔术般的变幻形式来表达作者最为个人化的感受。黑塞的作品“没有明晰的情节，因此缺少悬念和刺激性。他的作品大部分是自传性的，处理哲学化的问题，情节只被用来展现作者内心最深处的思想以及对生命中重大问题的理解的尝试。黑塞一直是追寻上帝者（a god-seeker），你必须一再阅读并仔细研究他的作品，才能从中获取他想传达的信息”。①这种需要仔细研究的信息，即为“逆向套话”。它不像一般套话那样简明易懂、好恶分明，反倒将自己层层包裹起来，用种种“魔术”——这是黑塞最喜欢用的一个词——赋予自己各种变形：智者形象、母亲形象、同性友爱意象、“柔弱胜刚强”的价值判断、“我必衰微他必兴旺”的历史走向的隐喻……

简言之，本书采用形象学研究进路，通过对黑塞小说中的中国形象以及其他相关形象的细致梳理，进行比较文学形象学的内部研究和外部研究，并在此基础上尝试进行双向阐发，归纳出一个较为清晰的结论。

形象学研究是比较文学传统的研究领域和研究进路，具有悠久的历史传统。它关注的是一部文学作品中的具体形象，并试图通过对形象的全面分析，达到双向汇通的比较目的。这里面，“双向汇通”是一个非常重要的标准，因为它是比较文学形象学与一般意义上的文学形象研究的区别所在。比较文学形象学尤其看重文学作品中的“他者”形象，因为这样的形象是跨文化、跨民族、跨语言的产物，对其进行研究能够最大限度地达到

① Johannes Malthaner. Hermann Hesse：Siddhartha［J］. The German Quarterly, 1952, 25（2）：103（His novels do not have a strong plot around which the action revolves and therefore lack suspense or excitement. They are largely auto- biographical and deal with questions of “Weltanschauung”, of a philosophy of life. The plot is used by Hesse to drape his thoughts around it, to have an opportunity to present his innermost thoughts and the struggle for an understanding of the great problems of life. Hesse is, and always has been, a god-seeker; he has a message for his fellow-men, but one must “study” him, read and re-read his works carefully if one wants to get the full benefit of their message).

“双向汇通”的标准；否则，研究某一国别文学之内与异质文化无关的本国形象，“比较”从何谈起？因此，比较文学形象学往往钟情于对文学文本中的异国形象进行研究。如“当代中国文学中的美国人形象”“歌德诗歌《中德晨昏杂咏》中的中国形象”等。简言之，比较文学的学科目标是在事实联系的基础上进行跨语言、跨文化甚至跨学科的研究，通过“跨越”发掘两种或两种以上研究对象之间的“内在汇通”。因此，形象学研究可以说是伴随着比较文学学科的诞生而同时发生的。这一点在比较文学学科的法国学派中十分明显。19 世纪的法国学派主张“影响研究”，强调建立在事实联系之基础上的对比研究。这种研究方法实证性强，得出的结论比较令人信服。但是，后来学者们在进行影响研究的时候，逐渐发现影响的事实基础往往很难确证和确指。一个作家的心路历程、创作动机和笔下文学形象的象征意义，与他所接触和学习的异国文化、外国文学作品之间并不总是能够找出确切的对应关系。因此，在实证研究方法日益落后于研究现状的情况下，美国学派的“平行研究”方法横空出世。“平行研究”强调在研究文学现象的事实联系时不应拘泥于考证，而应注重思想内涵的相互影响和诠释。法国比较文学学者伽列在这一思路的启迪下，提出了比较文学形象学的研究原则，即应当注重研究“各民族之间的、各种游记、想象之间的相互诠释”。其后，他的学生基亚又把这一思路归纳为：“不再追寻一些使人产生错觉的整体影响，而是力求更好地理解在个人和集体意识中，那些主要的民族神话是怎样被制作出来，又是怎样生存的。”①这样，通过对“他者形象”的重视，形象学研究涉及了异国文化在另一国的传播、翻译、接受、影响、诠释、再创造等方面，并且将研究的重心从实证研究、整体研究转移到了更为抽象的——却又更为具象——的方面。说更抽象，是因为这样的异国形象研究不再拘泥于铁板钉钉的事实材料，有了更为广阔的发挥空间，对研究者的抽象思维能力和对文化的整体把握能力有了更高的要求；说更具象，是因为这样的研究关注的是具体的作家作

① ［法］基亚．比较文学［M］．颜保，译．北京：北京大学出版社，1983：106.

品——如黑塞小说中的中国形象——而非大而化之的一国总体形象之概括。后者往往稍不注意就会沦为某一似是而非的“刻板印象”（stereotype），使人陷入荒谬境地而不自知。在文化传播的过程中，这种荒谬乃至愚昧屡见不鲜。上至专家学者、政治理念对某一学术观点、某一哲学理论的过度阐释；下至平民百姓日常生活中对异国的种种偏见，无不如是，往往造成令人扼腕的后果。可以说，对异国形象进行细致的、个案的、建立在事实材料和文本细读基础之上的形象学分析，是避免上述刻板印象及其恶劣后果的良方。

本书主体部分共分三章：第一章研究了作为一种文学现象的“套话”，并概括了西方历史上的“中国套话”，在此基础上引出并大致概括了黑塞独具特色的“中国套话”。第二章则具体分析了黑塞小说中三类与中国形象相关的形象或意向：智者形象（黑塞对东方尤其是中国无条件的赞美和理想化想象）、母亲形象（以富含东方文化意蕴的母亲形象阴性、生命、包容、死亡、乡愁来表达对东方属性的赞美）、同性友爱意象（更加形而上的象征意象，进一步以阴性、文弱、精神性来暗喻东方，以阳性、进取、理性思维等来暗喻西方；并以同性友爱关系以及二元对立的主人公命运发展来暗喻黑塞对东西方文化命运走向的判断）。第三章则在前两章的基础之上，做出归纳总结。

笔者不揣浅陋，希望能在前辈、学长的激励下，在德国文学、黑塞小说这一小小的领域，以“黑塞小说的中国形象”为题，做出一定的研究成果。而这样一种研究的鹄的，正如前面所言，其指向较为宏大——也许是过于宏大了。

目　　录

第一章　“套话”：永恒的迷思

“套话”（stereotype，mode of discourse）亦称“刻板印象”，与一般日常用语中的“空话套话务去”“杜绝官场套话”层面上的意义不同，它是形象学的一个术语。法国当代形象学家巴柔（Daniel-Henri Pageaux）在解释“形象”一词的内涵时提出了“套话”这个概念，即“形象的一种特殊而又大量存在的形式”。借助于“套话”这一概念，巴柔指出了一种普遍存在的文学现象，那就是，人们常常自觉不自觉地采用单一的思维方式和表达模式来描绘多样化的世界。这样的方式一方面使得人们的文化认知从特殊到一般、从个体到总体的不断外推成为可能，有助于人们快速认知世界的总体规律而忽视其个别的、特殊的、细节的差异对认知过程造成的干扰，提高认知效率；另一方面，套话的思维方式也使得人们对客观存在物的认知益发固定化，乃至从主体情感出发，产生扭曲变形的印象，并伴随着某种固定的价值判断。因此一般说来，套话可以表达为一个带有价值判断色彩的陈述句。

环顾我们四周，大大小小、或褒或贬的种种“套话”无处不在。比如，一提到葛朗台，西方文化浸染下的人们就想到“吝啬”“贪婪”的性格和“高利贷者”的个体形象。而中国人眼中的“外国佬”，也常常用“金发碧眼”“鹰钩鼻子”来指代。“大鼻子”“金发碧眼”这样的名词虽然不具明显的价值判断色彩，但深究其感情基础，其实还是带有“非我族类”的警惕心态于其中，因此往往也被视为套话的一种。

随着时间的推移，巴柔的套话理论不断得到其他学者的回应和充实。比如萨义德在写于1978年的著名代表作《东方学》中，就指出西方主流社会描绘下的“东方形象”遵循着一定的模式套路。各国的汉学家也在几百年的时间跨度内总结出不同时代的欧洲人对中国文化的不同印象和态度，对这些“中国套话”之历史变迁的研究，占据了国际汉学研究的相当大的一部分。法国汉学学者米利耶·德特利在他的《19世纪西方文学中的中国形象》一文中曾使用“神话”一词来代替巴柔的“套话”。在他看来，18世纪之前的欧洲，对中国的认识大多来自传教士和极少数旅行者的讲述，基本集中于赞颂中国贤哲和文化礼仪的神话——如马可·波罗的游记即为典型例子；到19世纪则演变为关于中国诗歌和其他带有世俗气息的文化作品的神话——歌德等欧洲作家、思想家对中国文学的推崇备至可为代表；随后，由于欧洲殖民主义的兴起，资本主义在全球范围内大获全胜，西方对东方的征服和殖民极大地提高了西方人的信心，同时也不可避免地把包括中国在内的东方世界贬入蛮荒未开化之域。野蛮、愚昧、兽性、不可理喻等形容词被欧洲人越来越频繁地用来总结对中国人的看法，恰与一两百年前马可·波罗的拔高赞美形成鲜明对比，以至于在20世纪上半叶形成流行一时的“黄祸论”。中国形象从高度评价到贬低排斥、从正面到反面的变化，完全可以通过梳理几个世纪以来与之相关的“套话”来认识和分析。

在这其中，黑塞小说中的“套话”是非常有价值的研究对象。黑塞对东方文化尤其是中国传统文化的热爱贯穿其一生，在其创作中也表现得十分充分且典型。这一方面使得他的作品在德国、美国等地显得格外陌生而长期不被重视，恰如美国学者在20世纪50年代对他的评价：赫尔曼·黑塞的“非大众化（unpopularity）”部分要归咎于他用一种“外国腔调（a foreign tongue）”写作，直到最近（1952），他的作品也只有很少一部分被翻译成英语。除了大学学者的圈子之外，他的书很少被消费。这也就是说，黑塞无法引起美国民众的注意。他远远不是一个受大众追捧的作家。①“黑塞热”的出现，无论是在欧洲还是美国都是比较晚近的事情了；其作品中的大量关于中国形象的描述和评价为我们的研究提供了足够的素材。另外，也是最重要的一点，黑塞小说中关于中国形象的套话，可以说是一种非常奇特的“逆向套话”。他关注的是中国文化的美好的神秘，而非像同时代的欧洲作家那样持质疑贬斥态度。这恰恰是我们研究的价值所在。

本章即从以上三个方面——作为现象的套话、作为历史的套话、作为黑塞个人艺术特色的套话——入手，展开分析和阐释。

第一节　真实与想象：相互凝视的他者

笔者在前言中已经提及，无论是作为学科研究对象的“世界文学”，还是作为本书具体研究对象的德国文学和黑塞，笔者对其研究的出发点和落脚点，都是万里之外的此岸——中国。更具体地讲，是着眼于中国传统文化的现代转型问题。这是近代以来中国数代有识之士出于时代紧迫感和民族责任感，念兹在兹、孜孜以求的话题。无数学者方家提出了诸多解决“中国走向何处”问题的方案，而这诸多方案，无不建基于“中国是什么”的国家形象构建以及“外国是什么”的异国想象。这就涉及想象和形象认知。在这一过程之中，作为一种现象的“套话”，可以说无处不在。而且，恰恰是由于各自头脑中所拥有的“套话体系”不同，才造成了诸多学派乃至政治主张的相互抵牾甚至攻讦。可以说，正确认识“套话”的存在及其作用，是一个“擦亮眼睛”的过程，对于国家形象的重塑、国际关系的重

① Johannes Malthaner. Hermann Hesse：Siddhartha［J］. The German Quarterly, 1952, 25（2）：103（This “unpopularity” of Hesse is only partly due to the fact that he writes in a foreign tongue - until very recently only very few of his works have been available in English translations -, even now his books are little in demand outside of university circles. That means that Hesse has not caught the fancy of the American public, that he has so far no large popular following）.

新认识、异国形象之嬗变的认知，甚至对于“治国方案”的提出，是必不可少的前提条件。

一、“套话”：人与客体的相互定义

套话对人的思维的影响不可低估，对现实的塑造作用更不容小觑。研究中国形象对19世纪英国文化之影响的学者 Elizabeth Hope Chang 说道：“在相互凝视的空间里，我们开始认识到客体塑造人的能力与人塑造客体的能力是一样的（It is here, in the space of a gaze that was contemporarily understood to be reciprocal, that we begin to understand how objects can be capable of making people as much as people are capable of making objects）。”① 这就是说，现实与想象二者往往在彼此的凝视（gaze）之中，缓慢却深刻地影响着对方。对现实的认知形成某种套话，套话影响思维，思维则反过来指导人们对现实的改造。路德维希·维特根斯坦所言“我的语言的边界即是我的世界的边界”，意即在此。柏格森在《创造进化论》中也做过类似的表达，他认为语言是人所独有的一种技术，如果没有语言，人的意识就会全部倾注于其观察到的客体，而无法做出主观诠释。恰如《荀子·劝学篇》所言：“假舆马者，非利足也，而致千里；假舟楫者，非能水也，而绝江河。君子生非异也，善假于物也。”语言之于理性恰如轮子之于人体，它使得人的意识得以延伸和拓展，但同时又使人的官能割裂。语言把人和人分开，把人和宇宙无意识分开。通过语言这一形式，人与人、人与宇宙间的客体之间相互凝视了。萨义德在其成名作《东方学》中对于东方主义的“想象地理学”的批判也是沿着这一思路，揭示了西方近代地理学体系背后的权力诉求。本尼迪克特·安德森在其著作中揭示了现代民族国家的本质并将其定义为“想象的共同体”，萨义德的思路与他异曲同工，指出东方主义“想象地理学”建立在“想象的他者”之上。换言之，“西

---

① Elizabeth Hope Chang. Britain's Chinese Eye：literature，empire，and aesthetics in nineteenth-century Britain [M]. Palo Alto：Stanford University Press，2010：184.

方”与“东方”这一对对立的概念并非理所当然、天然对立的存在，而是人为建构起来的想象之物。“想象的力量足以创造或超越现实。”①西方在凝视东方的过程中定义了东方，也定义了自身。

二、“套话”：预设立场的大众狂欢

如何认识和把握“中国形象是什么”这一问题呢？这几乎是一项不可能完成的任务。首先，人的精力、时间有限；其次，人是生活在特定历史环境和文化氛围之中的，不可能毫无成见，不可能毫无立场。尤其是在大众传媒甚嚣尘上、横扫一切的今天，预设立场几乎已经成为本能。实际上，黑塞以及他所身处的德国浪漫主义和古典哲学传统早已发现这一点，并对这一现代社会见怪不怪的现象予以了抨击。Thomas Nipperdey 在《从拿破仑到俾斯麦的德国》（*Germany from Napoleon to Bismarck*）中说道：有一种批评思潮从歌德一直延伸到克尔凯郭尔和尼采。它并非新闻批评，但是对报纸阅读有效：它发现了一种在日常事务、世界多样性以及折中的经验中失去自我的倾向，它激烈地批评报纸预先建构与世界的关系（to construct a prefabricated relationship to the world，即通常所说的“预设立场”）的倾向。②实际上，黑塞也继承了这一批评传统，甚至将其推到极致。可以说，离群索居、远离尘嚣的黑塞，其笔下的荒原狼、悉达多、克乃西特，他们对大众社会悲观而辛辣的看法，是麦克卢汉和尼尔·波兹曼、本·雅明等人对于现代社会无情批判的宝贵思想的先声。麦克卢汉《理解媒介——论人的延伸》指出：“视觉和声音之间，感知和经验组织的

① ［美］史景迁．文化类同与文化利用［M］．廖世奇，彭小樵，译．北京：北京大学出版社，1997：17.

② Thomas Nipperdey. Germany from Napoleon to Bismarck. 1800—1866［M］. NJ: Princeton University Press，1996：526（There is one final criticism to mention，which stretched from Goethe through Burckhardt and Kierkegaard to Nietzsche. It was not a criticism of journalists，but of the effect of newspaper reading：a tendency to lose oneself in daily affairs，in the multiplicity of the world，and in mediated experience alone. It was a criticism of newspapers′ tendency to construct a prefabricated relationship to the world）.

书面形式和口头形式之间的最后冲突，也已降临到我们头上。”①当代社会科技发展日新月异，已经从工业时代走入后工业时代，从现代走向“后现代”。这个时代最明显的特征之一，就是“读图时代”的来临，视觉在人们的几项感官中的重要性被提高到前所未有的地位，先是由古登堡印刷术带来的断文识字广泛普及对传统朗读讲述的信息传播方式的替代，发展至今日，我们的生活被电视、电脑和手机屏幕占据。这里非常吊诡的一点是，图像虽非文字表达，却可以加强语言的功能，因为现代社会由诸多屏幕制造出来的图像，表达得更多的是由语言所承载的观念的蒙太奇拼接，而非现实物体的影像。上文所言的“语言把人和人分开”的现象因此进一步典型化，“看”成了当代人生存的主要方式。然而“看”不等于“观察”，更不等于“思考”，甚至连“感受”都谈不上。视觉的一家独大，既是现代人的异化的典型标志，又为现代人的进一步异化起到了推波助澜的作用。而这种异化的一大标志，就是“套话”或曰“刻板印象”的泛滥流行。放眼望去，我们的舆论场从传统媒体到网络空间，无不充斥着刻板印象的众声喧哗。这是现代社会公共空间消失的重要原因之一。尼尔·波兹曼的《童年的消逝》则从另一维度表达了对大众社会刻板印象泛滥的担忧：

> 一个（电视）节目是一个虚假和幻想的世界，经小心筹划后拼接在一起，这样可以让观众欢笑、哭泣或目瞪口呆，这就是新闻节目所做的事。……电视广告不使用文字语言进行说服，而是使用视觉形象来达到效果，如同电视的其他用途一样。电视广告使用高度情绪化的语言，很少有需要核实的危险。因此，商业广告不受逻辑控制、不可辩驳，当然也不要求用复杂的成人判断进行评价。②

① ［加］马歇尔·麦克卢汉．理解媒介——论人的延伸［M］．何道宽，译．北京：商务印书馆，2000：43.

② ［美］尼尔·波兹曼．童年的消逝［M］．吴燕莛，译．桂林：广西师范大学出版社，2011：151-152.

现代社会充满了“除了图画和故事就没有什么内容的媒介”，电视只是其中最典型的一种媒介而已。尼尔·波兹曼还认为：“当人生活在电子的环境中，他的本性改变了，他的私人属性融入了社团整体。”① 这样的论述颇与《乌合之众》的观点暗合，几乎可以说是后者的现代版本。在这种环境和氛围之下，刻板印象的泛滥风险要比在印刷文字时代大得多。电视上播放的一切都可以采用故事的形式，不需要论点或明确的想法；而故事必然需要大众喜闻乐见的情节，即所谓的“桥段”或“套路”。用本书的关注眼光来看，即是“套话”。中国形象被分解为以“舌尖上的中国”或“感动中国”或其他“××中国”命名的无数立面，供人作盲人摸象式的片面解读。现实与想象之间相互瞪视，挺胸瞠目而对——而获胜的竟往往是由诸多“套话”营造出的想象一方。

三、“套话”：虚妄的想象

回到学术研究领域，面对刻板偏见和预设立场的威胁，“少谈些主义，多谈些问题”成了最主要的解决方案——避而不谈个人对世界的整体认知，而只谈具体的个别问题。这样固然可以避免空疏放言，但是也断绝了学术研究的灵魂，反倒走上了上面所言的那种“盲人摸象式的片面解读”的路子。学者治学，其根本是求真知。对主义完全避而不谈，必有只见树木不见森林之虞。加之学科主义和门户之争，往往令人有置身迷雾之感。

佛教说悟道有万千法门，关键在于求道者是否有恒心去求。在笔者看来，黑塞就是我们尽量“客观全面”地认识和把握中国形象的法门之一。

一提到东方与西方，提到东西方文化差异，大多数人的脑海里便会浮现出一种因人各异的既定场景，即我们通常所说的“刻板印象”或曰“套话”。能够抛开这一刻板印象而继续深入挖掘者，少之又少。一方面是因为思想具有惯性和惰性；另一方面，在大众传媒大行其道的当代，除非进

① ［美］尼尔·波兹曼．童年的消逝［M］．吴燕莛，译．桂林：广西师范大学出版社，2011：152.

行专业研究，人们主动地、独立自主地去获取乃至分析、研究某一特定领域的信息数据，仿佛既不必要，也几无可能。

在谈到大多数宏观事物，尤其是“东方与西方”这样虚无缥缈的话题的时候，大多数人所作出的第一判断，乃是依据其在个人经历中接触的一些既不全面又带有强烈个人情感色彩“事实”，或者干脆一点讲——“想象中的事实”。

比如说，一提到东方，便想到历史悠久、文明古国、诗书礼教、辉煌灿烂，更想到闭关锁国、落后挨打、列强入侵、师夷长技以制夷。而一提到西方，便会联想到坚船利炮、制度昌明、侵略殖民、资本主义大行其道等。这些大概是最主流的“第一反应”。实际上，每个人对东方与西方的认识和看法都要比上述想象复杂得多、立体得多，也个人化得多。不同的历史时期有不同的社会氛围和思潮；具体个人的社会阅历更是千变万化。倘若笔者以为自己多读了几本专业书籍，便可以居高临下以自己的想象揣测他人对某一问题的想法，或者以自己“专业的想象”来作为别人“业余的想象”之教科书和矫正器，恐怕只能引人厌恶、贻笑大方。

然而无可否认的是，下意识地以想象代替事实有时是一种通病，专业学者也不例外，甚或更要变本加厉。因为学者整日与文字和概念打交道，一方面书本上得来的知识本就是经过了加工、想象和整理了的事实；另一方面，学者赖以工作的工具唯有自己的思维，而思维是离不开想象的。因此潜移默化之间，不知不觉便以“想象的真实”乃至个人情感好恶左右了研究对象和研究方向的选择，甚至预先决定了研究的结论。浮士德书斋之叹，着实不无道理。学者以求真务实为基本目标，出现上述情况，实乃学者最大的悲哀。

如比较文学研究领域中广受诟病的“X+Y”比较模式，恐怕就要归咎于这种主题先行式的想象。以固有的僵化条条框框如时代、流派、体裁、风格等为标尺，抓出一个 X 一个 Y，预想二者既然以某一标准看来属于同类，则必然处处可比，于是“拉郎配”强行比较，分析一二三，然后得出一个似是而非、预先设定的结论，岂不荒唐！

又比如，比较文学学科的法国学派曾热衷于“影响研究”，在当时固有其合理和必要之处，然随着时代进步、学科发展，已有越来越多的学者对此进行反思。如比较文学的著名学者韦勒克说，如果研究还是局限在这个范围之内，那么比较文学势必变成一种“记文化账的奇怪现象”。他借用早期的比较文学学者 A. 法里内利的说法：“这是一种计算文化财富、分清文学上的债权人和债务人的荒谬做法。”①“影响研究”本身并无谬误，其最看重的恰恰正是牢靠的事实基础。然而其遭人诟病，原因在于“动机不纯”——虽然并不是全部，但确实有许多影响研究的目的是宣扬某种文化沙文主义，彰显某种民族优越性和文化霸权，亦即出于某种虚妄的想象出来的优越感。

毋庸讳言，在当今时代，无论学术界还是社会上，想象狂热症都有，各种类型的“套话”分别流行于不同的亚文化群体之内，于学术，则造成壁垒森严、观念抵牾；于社会，则造成套话横行、族群对立、公共空间撕裂。无论哪种，都将展开极为可怕的前景。而应对这种狂热症的唯一方法，就是静下心来对文本、对既有的事实材料进行扎扎实实的梳理和分析。

第二节　历史上的中国套话

自近代以来，西方对东方的态度和接受方式，不断发生着变化，这种变化甚至是颠覆式的。正如前面所提到的，自中世纪开始，在长达几百年的时间跨度内，欧洲人对中国文化的印象和态度发生过剧烈的变化，并呈现为不同时期的“中国套话”。对这些“中国套话”之历史变迁的研究，占据了国际汉学研究的相当大的一部分。18 世纪之前的欧洲，对中国的认识大多来自传教士和极少数旅行者的讲述，基本集中于赞颂中国贤哲思想

① ［美］R. 韦勒克．批评的诸种概念［M］．丁泓，等译．成都：四川文艺出版社，1988：272.

和文明昌盛；到19世纪则演变为对中国具体的文学作品的赞美——因为那时，中国文学作品（主要是一些二流的通俗小说和诗歌）已经逐渐传入欧洲；随后，由于欧洲殖民主义的兴起，资本主义在全球范围内大获全胜，西方对东方的征服和殖民极大地提高了西方人的信心，同时也不可避免地把包括中国在内的东方世界贬入蛮荒未开化之域。野蛮、愚昧、兽性、不可理喻等形容词被欧洲人越来越频繁地用来总结对中国人的看法，以至于在20世纪上半叶形成流行一时的“黄祸论”。欧洲对中国的价值判断从高度评价到贬低排斥、从正面到反面的变化，生动地体现在几个世纪以来与之相关的“套话”上。

一、早期欧洲人眼中的中国形象

自从与欧亚大陆的东方邻居发生联系以来，欧洲人对东方、对中国的想象一直在持续。在近代以来的几百年内，欧洲人对中国的想象发生了之前千余年都未曾有过的剧烈的变化，以至于他们自己的学者都困惑于这些想象到底有多少是来自事实，又有多少来自纯粹的主观投射。美国汉学家史景迁（Jonathan Spence）曾在其《文化类同与文化利用》中说到，自从与中国发生频繁交流以来，四百年间，欧洲人对于中国的认识中总掺杂着想象，真实与想象混为一谈，以至于最终无法将二者区分开来。对于西方而言——实际上，应该是对于任何国家而言——对任何“他者”的形象的接受、改造、使用，都是为了满足本身社会文化的需要，因此想象不可避免，甚至“想象往往比知识更重要”。①对于早期的欧洲人而言，他们对中国形象的认知，大多来自古老的传说、为数极少的冒险家的带有极大主观性和夸大成分的叙述，以及从自身文化立场出发的想象。从13世纪末14世纪初的《马可·波罗游记》算起，这一过程差不多要一直延续到18世纪，算来也正是上文所言的“四百年”。在此之后，由于资本主义在全球

① ［美］史景迁．文化类同与文化利用［M］．廖世奇，彭小樵，译．北京：北京大学出版社，1997：16.

范围内的扩张，欧洲人得以频繁地窥探传说中的神秘东方，这一“缺乏实际材料的想象”才被后来的“建立于一定事实基础之上的想象”代替。

这一时期，欧洲对中国形象的认知，多集中于以下书籍：《柏朗嘉宾蒙古行纪》（1247）、《鲁布鲁克东行记》（1255）、《马可·波罗游记》（约1299）、孟德高维诺等教士书简（1305—1326）、《鄂多立克东游录》（1330）、《大可汗国记》（约1330）、《通商指南》（约1340）、《马黎诺里游记》（1354）、《曼德维尔游记》（约1350）、《十日谈》（1348—1350）、《坎特伯雷故事集》（1375—1400）、《克拉维约东使记》（1405）、《万国通览》（1431—1447）、《奉使波斯记》（1436—1480）等。这些文本的作者有教士、商人、文学家；文体有历史、游记、书信、语录，还有纯文学作品。文本的内容“既有纪实，也有虚构”，而且经常是纪实与虚构混为一体。①

早期的柏朗嘉宾与鲁布鲁克等人把“契丹”这个概念带入欧洲文化视野之中，并经由马可·波罗的大力吹捧确立了至今影响深广的中国形象：物华天宝，文明昌盛，秩序井然，俨然天朝上国、人间天堂，与彼时落后贫弱、战乱分裂的欧洲大陆恰成鲜明对比。而且，在当时的游记文学中，遥远的东方国度里，最受重视、吸引想象力最多的，当属中国无疑。历史同样悠久的印度、更具神秘色彩和原始气息的东南亚和日本，几乎统统被忽略了。赫德逊《欧洲与中国》一书中指出：“抓住了拉丁欧洲的想象并改变了它的思想观点的，更多的是去中国的旅行，而不是去亚洲的任何其他部分。”②马可·波罗的游记最为极致地铺陈了中国“契丹”的富饶文明形象，不仅在物产和商贸方面首屈一指，而且在政治文明、科技、交通、文学等方面都令当时的欧洲读者艳羡不已。在这看似实地考察的“游记”之中，我们不能说完全没有想象的成分。蒙古统治者控制之中的当时的中国究竟如何富裕如何文明，或许也并非欧洲人所急切需要弄清的事实——

① 周宁．西方的中国形象史：问题与领域［M］．东南学术，2005（1）：108.

② ［美］G. F. 赫德逊．欧洲与中国［M］．李申，等译．北京：中华书局，2004：135.

他们更愿意得到的，是遥远的文明国度带来的异域想象和物质崇拜。而这样的情况，在数百年后再次发生，只不过东西方的地位发生了戏剧性的互换。崇拜者变成了“愚昧落后”“闭关锁国”的东方，被仰视、被崇拜者则变成了拥有坚船利炮、席卷全球的资本主义力量的西方列强。历史在不断前进变幻，人类善于想象的天性则始终未变。这也是我们之所以要研究长期以来“套话”现象中的想象与真实之关系的价值所在。

从这些早期的游记文学开始，欧洲世界对东方——主要是中国——的想象和景仰始终在发酵着，最终在17世纪后半叶达到高潮，是为“中国潮”。在大约一个世纪的狂热追捧中，中国的一切，从茶叶到瓷器，从孔夫子的教诲到诗歌戏剧，统统成为普通欧洲民众生活中不可或缺的焦点，成为他们日常谈论的话题和争相追逐的风尚。可以说，在当时的欧洲社会，中国为民众们展示了“梦寐以求的幸福生活的前景”。①然而风向变得如此之快，快得几乎超出小说家、哲学家和历史学家们的预料。在18世纪中期，启蒙运动差不多已经完成的阶段，“中国潮”开始迅速退潮，中国形象在欧洲人的眼中发生了明显转变。先是在伏尔泰、卢梭、孟德斯鸠这些哲学家以及笛福等文学家笔下，随后便是大规模地在普通民众中间。几乎在一夜之间，欧洲人在五百年内对中国的好感和狂热消失殆尽，取而代之的是厌恶和鄙夷，而比厌恶和鄙夷更可怕的是迅速的遗忘。这一过程发生得迅猛而暴烈，其影响的余绪却并不见得消失得同样迅疾。在其后的两三百年间，也就是说，一直到近现代的20世纪，对东方的遗忘和歧视始终在继续。众所周知的黑格尔等西方哲学家对东方文化思维方式的鄙夷便是明显的例子，不必赘言。而另一方面，萨义德等人对东方主义的批判、对欧罗巴中心主义的纠偏也正因此而显得有意义。

导致中国形象的这一180°转变的，根本原因有二：其一是文艺复兴和启蒙运动将欧洲带入近代，文化观念的发展使得欧洲人开始“觉醒”，逐

① Adolf Reichwein, etc. China and Europe: Intellectual and Artistic Contacts in the Eighteenth Century [M]. London: Trubner & Co. Ltd. 1925: 25.

渐将过去习以为常的一切都重新放在理性的法庭上重新审视，“重估一切价值”成为新的“习以为常”的价值观。在这一过程中，皇权专制的东方国度显然不可能继续充当“理想国”和天堂的尘世替代物。其二则更为现实：东西方的实力对比发生了根本性的变化。西方开始了大踏步的扩张，东方则始终未能从沉睡中醒来。这必然导致高歌猛进的一方夺取新世界的话语权，而落后的一方则被迅速地抛弃到遗忘的角落。恰如 Elizabeth Hope Chang 所言：“在 19 世纪末，中国被日益从英国人的视野中疏离，全球力量的重组改变了中国在英国想象中的地位。”①实际上，这一过程从 18 世纪就已经开始了。

二、传教士眼中的中国形象

如果说，早期的西方游历者眼中的中国是光怪陆离的神奇国度，西方人对中国的认识和判断仅仅来自书本上荒诞不经的只言片语，即便是精通哲学和文学的大家，也往往陷入偏见和想象而不自知的话，那么，在 19、20 世纪陆续来到中国的外国传教士，在中国生活了较长时间，并且深入了中国社会的方方面面，在他们的论述中，对中国的描述要详细得多，评价也有说服力得多。

根据张西平教授的看法，从西方汉学的历史来看，应该分为“游记汉学时期”（以《马可·波罗游记》为主要代表著作）、“传教士汉学时期”（以利玛窦的《中国札记》、杜赫德的《耶稣会书简集》《中华帝国全书》等书为主要代表作）和“专业汉学时期”（以雷慕萨的《汉文启蒙》为专业汉学时代表性著作）。②即使在专业汉学（1814）诞生以后，传教士汉学依然十分重要，因其对东方风情的介绍和研究与西方本土思想的变迁是紧密相连的，特别是在 18 世纪。耶稣会士如利玛窦等人多次、多批入华传

① Elizabeth Hope Chang. Britain’s Chinese Eye：Literature，Empire，and Aesthetics in Nineteenth-century Britain［M］. Palo Alto：Stanford University Press，2010：179.

② 程炳生．传教士与近代中国社会——美国早期中国学研讨会发言撷英［J］. 社会科学报，2005-08-18（5）.

教，即是典型。胡适认为“17 世纪耶稣会在中国的巨大成功，就是文化间一见钟情的好例子”。① 这样的频繁交流和紧密结合，催生了许多传教士游记文学作品，读来颇有趣味。

美国传教士、外交官何天爵（Chester Holcombe，1844—1912）于 1869 年来华，在北京负责公理会所办的学校。他根据在中国居住的 16 年间的见闻，写下了《真正的中国佬》一书。在该书的前言里他风趣地回忆起他在美国格林群山（the Green Mountains）的一个小地方见到的一位老太太，当作者告诉她自己来自波士顿的时候，老太太吃惊地喊道：“天哪！您住在那么遥远的地方，该有多么孤独呀！”在她的想象中，波士顿是一片蛮荒之地，只有她自己的小木屋才是宇宙的中心。何天爵感慨道：“就像那位老太太一样，我们总是喜欢用自己建立的一套标准模式判断去要求他人。至于他人正确与否、明知与否，都要看他们是惟我们的马首是瞻，还是与我们背道而驰来作定论；而全然不顾我们的评判尺度和理想模式如何武断专横，如何浅薄狭隘。”②何天爵在书中详细地描绘了富有进取精神和侵略性的西方人初次来到保守、高傲、雍容自若的东方人中间的情形，双方彼此都抱有戒心，也怀有深深的误解。当时的中国形象——极端保守和愚昧，立海禁，闭贸易，对西方毫不了解。比如作者回忆道，1870 年，一位北京官员奉旨前往欧洲时，吩咐随从携带了 150 多磅食盐，因为他认为只有中国人才会吃盐。而在 1884 年，清朝内阁的一名官员认真地咨询他的同僚，外国人是否会举行婚礼等仪式，他们是否男女杂居，血亲乱伦。书中还记述了虎门销烟以及随之而来的鸦片战争的过程，认为中国从此“从她的闭关状态中被拖了出来，去正视近代的西方世界，并被迫与之建立新的、她根本不情愿接受的关系”。③书中详细描述了中国的政府、语言、家

① 侯外庐．宋明理学史（上）［M］．北京：人民出版社，1984：170-171.

② ［美］何天爵．真正的中国佬［M］．鞠方安，译．北京：中华书局，2006：（前言）1.

③ ［美］何天爵．真正的中国佬［M］．鞠方安，译．北京：中华书局，2006：12.

庭生活、社会生活、宗教观念、服饰、教育与文化、商人与官员、贫民等，可谓无所不包。作者观察得如此广泛且细致，甚至令百年后的中国人都拍案叫绝。传教士们数十年如一日地在中国生活、观察，虽说其主观动机是传播基督宗教信仰，然而不可否认他们在向西方世界介绍中国方面起到了不可磨灭的作用。如传教士卫三畏 1838 年就到中国传教，在中国生活了 50 年，其介绍中国文化的著作里许多内容是其亲历亲见，细致入微。可以想见，这样的著作在中外文化交流史上必然占有一席之地。我们今日研究西方眼中的中国形象，传教士文学是重中之重。

三、中国人是白人？——典型的套话变迁案例

在近代以来的交流历史中，欧洲人眼里的中国人肤色有过剧烈的变化，这是中国形象变迁的最表象，也最明显的一个案例。

1513 年，一艘葡萄牙商船抵达广州，这是自马可·波罗以后第一次有文字记载的欧洲人对中国的商业访问。交流随即展开，而对当时情况的记录，多保存在基督教传教士的著述之中。众多传教士中最享有盛名的，当属利玛窦。意大利传教士范礼安在 1577 年的一份报告中，把日本人和中国人称作“白种人”。而早在 1515 年，葡萄牙人皮雷斯在呈报国王的《东方诸国记》中叶说道：“中国人的皮肤像我们一样白净……中国妇女与西班牙妇女颇为相似，她们的肤色像我们一样白皙。”利玛窦也认为“中国人的肤色是白的”，只有在南方省份由于日晒，才有些人比较黑。事实上，在 16—17 世纪的一百多年内，欧洲人对中国人的描述中，有关中国人是白种人的说法占了主流。

关于中国人肤色的问题，除了欧洲游历者和传教士们的记述外，西方学者甚至还做了人种起源上的学理分析，并在中国近现代学者中引起过反响，可资佐证。在 1890 年以前的清末，就由日本传来三种中国人种起源假说——“西北起源说、帕米尔起源说和巴比伦起源说”。其中巴比伦起源说由法裔英国汉学家拉克伯里（1845—1894）在《中国文明的上古起源》一书中提出，拉克伯里的理论主要有三点：第一，世界上曾经存在四大古

代文明，即古埃及、古巴比伦、古赫梯、古中国。其中中国文明出现最晚，且甫一出现就达到了非常成熟的水平。第二，文明程度高的文化必然向外扩张，文明程度低的土著文化必然被外来的高等文化所取代。第三，中国文明起源于古巴比伦，具体在科学与艺术、文字与文学、习俗与宗教、历史传统与传说四个方面有诸多例证。比如青铜器、天文学（观星术）、驯养马匹和使用马车等，还有文字和发音上的相似之处如“盘古”之名即古代中亚民族“巴枯”一音之转等。此书在 19 世纪末、20 世纪初经由日本翻译到中国以后，很快引起轩然大波，梁启超 1902 年在《新民丛报》介绍《支那文明史》一书说：“支那民族自西亚细亚来之说……其第三章最有独到之论。”1903 年，蒋智由在《新民丛报》连载《中国人种考》，介绍中国人种西来说。刘师培也于 1903 年年底出版《中国民族志》，对该学说全盘接受。该书认为世界人种开化均起源于帕米尔高原，汉族亦不例外。汉族先民自帕米尔高原迁徙至中国黄河流域，与占据黄河以南广大地区的苗民土著发生冲突，最终“战胜苗民，奄有中土”。刘师培还根据对《山海经》的研究，指出中国古代地名、人名“多与西土圣神相合”。在《古学起源论》一书中他还分析，周代文化不同于夏商两代，原因就在于周人为西来民族。刘师培的观点多吸收自拉克伯里的学说，也有一部分与章太炎相合。二人于彼时持坚定的“中国人种西来说”观点，写了大量的论证和宣传文章。但随着其后国粹学派的兴起，且由于“汉族西来，驱逐苗民”无法服务于“驱除鞑虏，恢复中华”的政治形势，这一说法很快销声匿迹了。此后的中国学界，出于政治和民族救亡需要，多坚持中国人种本土起源说，不再深入追究中国在人种、文化上与中亚有何关联。因此，“中华民族”也从昙花一现的“来自帕米尔高原的白种人”变成了“起源于黄河流域的黄种人”了。

四、中国套话变迁的意义

公元 1500 年前后的地理大发现揭开了人类历史新的篇章，人类自此从互相隔绝、各自为政的地区孤立时代走向了全球一体化时代，这一趋势到今天仍在继续。而在公元1500年后的这个阶段里，欧洲逐渐走在了历史的前头，成为“独领风骚”的人类文明和地区。欧洲人对东方的态度，也从仰慕、赞叹和惊讶渐渐转变为俯视、不屑和鄙夷，随之而来的是殖民和入侵。总体来看，中国形象经历了从14世纪以前东方游记里“遍地黄金”的“震旦”，到利玛窦等耶稣会士笔下的“中华帝国”，再到启蒙时期为反衬西方文化落后、制度僵化，进而为呼吁政治改革服务的“东方乌托邦”，最后是19世纪之后日益受到歧视的“停滞的帝国”。每一种形象都是混合了真实与幻想的产物，是“想象的真实”。换言之，这些关于中国的“套话”与其说描述了当时的中国社会现实，不如说是暗喻了中国和西方的关系，折射出的是西方文化作为形象接受者和塑造者的心态。当然，这一过程也可以反过来看，从研究西方形象变迁入手，我们也能总结出中国近代历程的某些特征。这也是我们研究比较文学形象学的一大重要落脚点。

17世纪以来，中国形象经历了神化—乌托邦—妖魔化的过程，这一过程反映了西方和中国的关系，即形象塑造的主体与客体的关系。另外，不同的思想流派的代表人物，由于其思想学说的原因，对中国的态度也不尽相同，他们使用中国形象，要么当做理想的乌托邦来赞美，要么当做反面典型来批判。比如黑格尔就因其强调理性至上的哲学，而对中国不屑一顾。更早的孟德斯鸠也对中国颇多贬低。相反地，钟情于非理性、着眼于现实和人性的哲学家和文学家，对中国倾向于赞美。如柏应理神父写下了《中国哲学家孔子》一书，使西方世界第一次了解了作为非宗教的伦理权威：儒家思想，令启蒙思想家们欢欣鼓舞，从中找到了尊重理性、道德，反对宗教迷信的依据。德国的莱布尼茨也赞美中国的文明和道德，呼吁欧洲应该向中国学习仁政德治。与孟德斯鸠同时期的伏尔泰、与黑格尔同时期的叔本华以及稍晚的尼采也都对中国大加赞美之词。这一名单中当然也包括黑塞。

西方学者认为，综合考察文学作品对异国形象的描述，可以发现两种类型，一种可称作“乌托邦”，另一种则是“意识形态”。前者大力赞美异域文化，醉翁之意不在酒，旨在批判自身的文化。后者则相反，“以我为主”解读异国，强化自身文化认同。然而这两种类型都陷入以自我为中心的窠臼。中国形象也正是在这两者的张力之间轮转变迁的。因此，我们在分析、建构异国形象时，应该注重并分别考察主客体分别发挥的作用。诚如巴柔所言，“所有形象都源自一种自我意识”，他者的形象往往是在与“我”相比较的过程中塑造出来的。因此，研究某一形象，往往从其塑造者入手反而要比研究形象本身更来得有效。莫哈也说过，形象学研究更多的是想象的创造者们。就中国形象而言，如我们上面已经分析过的那样，对中国的想象和认知往往带有十分功利和直接的目的，是被统摄在整个西方语境里的某种欧洲文化自我认识的隐晦表达，其形象必然与真实历史的中国现实大相径庭。可以说，“东方”的概念庶几就是西方的发明。当然，反观中国古代典籍如《山海经》等，“东方对西方的发明”也不在少数，其变形、扭曲程度甚至有过之而无不及。可以说，相互“发明”、相互凝视，本就是人类文明再普遍不过的正常现象。只是如此普遍普通的现象，却往往令人习焉不察，错将想象认作现实的思维误区层出不穷。其最主要的表现，就是本书中所提及的“套话”。

关于中国形象的“套话”，在西方世界里不断上演。从“黄祸论”“中国威胁论”这样的系统理论，到“东亚病夫”“东方睡狮”这样的具体形象，都是种种“套话”。在当下的新时期，西方对中国的想象或许不再仅仅局限于是否会发动战争这样的问题，而更多的是着眼于中国文化将会在世界文化大家庭中扮演什么角色、中国的政治经济体制又会走向何方等宏大问题，对中国的崛起也不单纯是担忧和抵制，而是夹杂着对未知的不安和希冀。对于崛起中的新兴经济体，一向有“金砖四国”的说法，即巴西、俄罗斯、印度和中国。其中人们一般把印度比作“大象”，把中国比作“龙”——这是关于中国最为鲜明的“套话”了。也有人认为“龙”在西方文化中的形象是邪恶、残暴的，因此建议用憨态可掬的“熊猫”——想想迪士尼的《功夫熊猫》电影吧——来代替“龙”象征中国。

第三节　黑塞的中国套话

如果说，有这样一位文学大家、文化名人，他生活于19世纪末20世纪初，无论是他的著作，还是他所从事的与政治和社会改良有关的活动，都贯穿着强烈而深刻的批判精神和怀疑精神，他猛烈地抨击本国的保守，无论具体的制度还是抽象的意识形态，他都大加挞伐，他渴慕远在万里之外的异国文化，并在与异国文化作比较的过程中益发悲叹本国文化的缺陷和衰微趋势。然而他终究还是回到本国文化立场，力图融合两种乃至多种异质文化，打造新的精神思想家园，期望这能给自己的心灵带来慰藉，同时也给自己的国家和民族带来新的希望。——如果我们这样形容他，请问，你会想到谁？

是鲁迅吗？他很符合上面的描述。

如果抛开时间限制，追溯更早一点，林则徐？魏源？甚至黄宗羲、王夫之、李贽？

如果我们换一种方式形容他：他在希望社会改良的同时，又是一个极端“自私”的个人主义者和文化上的保守主义者，他富于浪漫的幻想，厌恶工业社会的枯燥乏味，厌恶市民阶层的安稳、舒适和谨小慎微；他极端悲观，自杀的念头甚至是贯穿他一生的旋律。那么，他又是谁？这就不好猜了。鲁迅符合其中的几点，但在其他几点上又完全与之相反。

都不是，答案是：黑塞。

这个答案可能要出乎大多数人的预料了。

在20世纪初期多如繁星的西方作家中，如果抛开赛珍珠这类在中国长期生活过的作家，赫尔曼·黑塞恐怕要算是对中国了解最多的一位了。托尔斯泰以喜爱中国文化闻名，曾专门研究中国书籍20余年。然而黑塞终其一生都在研究中国的儒家、道家哲学和《周易》。黑塞小说中充满了对东方异域文化的想象和渴慕，并且已经形成了自己的价值体系，他对东方文化尤其是中国的描写和想象——毕竟他从未到过中国本土，对中国文化的所有认识几乎都来自书本——已几成独具个人风格的“黑塞式套话”。无论是深度还是角度，黑塞的这些关于中国的“套话”都是非常值得重视的。

一、黑塞的“中国眼”

如果用他自己的作品来形容的话，黑塞是一匹孤独的“荒原狼”。这使得他一生都在从个人出发，从自我内心的真实感受出发，去认知世界和解释世界。乍一看来，一位如此个性化的作家，他对东方文化尤其是中国道家哲学和《周易》的激赏，恐怕只是一种个人爱好，甚至是一种偏执的己见，没有太多道理可讲，仅是个人的爱好而已，或者干脆说，是一种与时代宏观话语、与上一节曾经提到的自 18 世纪中叶以来就对东方大加挞伐的“中国套话”背道而驰的“具有个人特色的中国套话”。若非要从这个人的作品里找出蛛丝马迹来证明东方文化的好处，证明“他必兴盛，我必衰微”的欧洲没落论，仿佛必然只能沦为主题先行的官样文章。

但倘若我们深入研读，便可发现，黑塞极端个人化的写作，虽有其个人情感和思维方式的明显烙印，但绝不是疯子般的自说自话——虽然黑塞本人常常在其作品中这样自嘲——而是在任何时代都极其宝贵的深刻见解。

黑塞对东方文化有别于近代西方之理性主义的非理性思维特征，总体上持赞美态度。如其短篇小说《欧洲人》，就假想了世界再次被大洪水淹没，世界各地的人们登上诺亚方舟的场景。在小说里，非洲人、印度人、中国人都成为黑塞讴歌的对象：①

> 黑人轻轻松松爬上杆去，马来人三下五除二就把一片棕榈叶变成

① ［德］赫尔曼·黑塞．黑塞之中国［M］．［德］孚克·米谢尔斯，编选，谢莹莹，译．北京：人民文学出版社，2011：23.

> 一根桨，在很小一片木板上划了起来。这真是值得一看的技巧。印第安人用箭能很容易射中极小的标的，他老婆用两种韧树皮编出的席子使人赞叹不已……印度人出场，表演了几个魔术，大家惊讶得久久说不出话。中国人知道如何通过勤快收获三倍的麦子，他拔起麦苗再一行一行地栽下（按：原文如此，此处似乎应为水稻）。……

唯有白皮肤的欧洲人，秉持着理性主义的世界观，遭到全体一致的嘲笑。“欧洲人多次引起同类的不满，因为他对别人所做的事情总是挑三拣四。印第安人射中了高空中一只鸟时，白人只是耸耸肩并且声称，用二十克炸药射出的高度有这个的三倍。当大家请他表演出来看时，他却没法做，他说，如果有这个或那个以及千百种其他东西的话，他就能够做到。对于中国人的勤劳，他也加以嘲讽。他认为，培育秧苗再栽种是需要勤劳，不过这种奴隶似的劳役不会使一个民族幸福。中国人回答，一个民族能够吃饱并且知道敬畏神，这个民族就是幸福的。大伙一致鼓掌赞成，只有欧洲人还以嘲笑。”①从字里行间，我们可以清晰无误地看出黑塞对西方近代以来理性至上观念的批判，以及对东方国度“落后”“自然而然”的生活方式的认同。

《欧洲人》这篇短篇小说很有意思，它集中表达了黑塞对东西方文化体系的价值判断。一言以蔽之：东方智慧优于西方理性。而东方智慧的特出之处，正如小说中形容的那样，是一种脚踏实地的实践理性，是为了解决生活中的实际问题而运用经验的智慧。这种智慧与抽象思维无关。《欧洲人》写于1917年第一次世界大战炮火正酣之际，虽然篇幅短小，却是黑塞的重要作品之一。按照张佩芬的观点，《欧洲人》的主题在几年后变形和发展为黑塞的重要代表作之一《席特哈尔塔》的主题。张佩芬认为《欧洲人》以“大洪水”寓意第一次世界大战。《欧洲人》起因于第一次

① ［德］赫尔曼·黑塞．黑塞之中国［M］．［德］孚克·米谢尔斯，编选，谢莹莹，译．北京：人民文学出版社，2011：23.

世界大战炮火对黑塞的震动，而他找到的根源却是欧洲文化，尤其是教育上的“裂痕”。黑塞对方舟上形形色色生物的描写让我们联想起歌德《少年维特之烦恼》中的文字：“巍峨的群山环抱着我，深深的幽谷躺在我脚下，一道道瀑布奔腾直下，汇成汹涌河水，树林和山谷也同声鸣响。我观察到的一切都在地球深处那不可测度的力量中互相影响、互相作用。同时，在地面上和天空下到处都蜂拥着一代又一代千姿百态的生物。宇宙间一切居民以千差万别的形态栖息其中。而人类为求安全都聚居在自盖的小屋里，竟自以为统治着这辽阔的世界！可怜的傻瓜！因为你自己如此渺小，便把一切都看得微不足道。”① 而实际上，黑塞在他自己的小说诸如《乡愁》《在轮下》中，也有许多类似的描写——歌颂自然的壮美，衬托人类的渺小。

童年经历所造成的价值观和性格特征，是黑塞一生道路的总路标。但在这条道路上，他并非一个人茕茕独立、顾影自怜。与外部世界的格格不入，是几乎每个现代人都会遭遇到的心灵困境。换言之，这是现代人所必须面对的信仰危机和悲剧宿命。马克思和恩格斯认为，悲剧是“历史的必然要求和这个要求的实际上不可能实现之间的悲剧性的冲突”。②近代以来的启蒙运动的结果是人们自我意识的觉醒和无限膨胀，对自由的追求达到空前地步。然而这种“历史的必然要求”注定不可能实现——起码不能完全实现。对于无限度的自由来说，死亡是无法逾越的鸿沟。在死亡这终极的一重障碍之前，还有无数现实的阻碍。面对现实的无力感和挫折感四处弥漫，造就了黑塞小说中的典型人群——沉溺于感官享乐而放弃对彼岸世界的思考，彻底向虚无和死亡投降。这一人群在《荒原狼》中是无法理解歌德的“小市民社会”，在《彷徨少年时》中是为战争做炮灰的普罗大众，在《玻璃球游戏》中则成为“副刊时代”的主力军。黑塞对这些人嗤之以鼻，但却与他们一起必须面对现代人的信仰危机这一时代病。他采取的态

① ［德］歌德．歌德文集［M］．谢志茹，编译．北京：中国社会出版社，2000：299.

② 马克思恩格斯选集（第四卷）［M］．北京：人民出版社，1972：346.

度，是与这些人截然相反的抗争姿态。这便是他的“黑塞式套话”的根本心理动因。

黑塞一直是孤独的诗人，他的思想和文字总是从自身出发。这决定了他不可能像一般政论作家那样一开始就采用宏大的叙事、系统的分析方法来剖析德国社会。事实上，终其一生他也从来没有那样做过。他总是从细微之处谈起，从自己的命运谈起。而对于自己祖国的看法，在字里行间悄然渗透。这一特点在他早期作品《乡愁》和《生命之歌》中十分明显。

当然，黑塞在塑造自传色彩浓厚的小说主人公的同时，对令他大为不满，甚至发誓要终身与之为敌的庸俗、狭隘的社会现实也不是毫无批判。他为那些“掉到车轮下”的人疾呼，为他自己和弟弟汉斯的悲惨命运而愤愤不平，更由此对整个社会的走向发出质疑。这些在他的作品《在轮下》和《漂泊的灵魂》中得到体现。

在进入中年后，受到第一次世界大战前夕弥漫德国社会的狂热、迷惘气氛以及残酷战争本身的影响，黑塞从文化体系的高度质疑德国乃至整个欧洲文明的正确性，希望从其他文化中寻找经历战争之后满目疮痍的欧洲文明重生的希望，并由此开启了他后半生的“向内之路”。这一转变历程，在其早期作品的最后一部《彷徨少年时》中以奇特的方式描绘了出来。由于以上原因，黑塞总体上秉持着“西方终将没落”的信念，或曰“你将兴旺，我将没落”。建基于此，辛克莱和马克斯对整个欧洲文化的看法、对欧洲命运的前途，顺理成章地抱着异常悲观绝望的预测。在小说接近结尾的地方，两人之间有大段大段关于欧洲国家命运的讨论。

马克斯首先抨击理性主义之下的国家体制和教育制度。人们遵守着虚伪而愚蠢的秩序，没有自我意志。“他讲到欧洲的精神和各时代的记号。他说，在每一个地方，我们都能看到群众心理的势力，没有任何地方有自由和爱。所有的这些虚伪的团体，从宗教社团到唱诗班社团，以及国家本身，都是强迫教育，这是从忧虑、恐惧、窘困之中诞生的团体，而在这个团体里面，已经朽烂、陈旧了，到了崩溃的边缘。”①这与德国哲学家斯宾格勒的《西方的没落》和法国社会学家勒庞的《乌合之众》等著作的观点十分类似。马克斯还分析说：

> 在目前，团体精神只是群众心理的一种表现。人们之所以逃避到彼此的怀抱去，乃是因为他们互相都害怕——有钱的工厂老板们为了他们自己，工人们为了他们自己，学者们为了他们自己。可是他们为什么害怕呢？他们只是害怕没有与自己的内心相协调。……无论怎样，他们的宗教既不合乎现代的需要，他们的道德也不合乎现代的需要。近一百年以来，欧洲什么也没有做，就只是研究和建造工厂。人们很清楚，杀一个人需要多少分量火药，但是他们不知道如何向上帝祷告，他们甚至连怎么去享受一个小时的快乐也不知道。只要看看学生们常去的下等酒馆就行了，或者看看有钱人去的娱乐场所就明白了。毫无希望！没有任何美好的东西会从这一切当中产生出来。……这将会显露出现代的理想破产，石器时代的众神将会被一扫而空。就像现在这样的世界，将要毁灭，它一定会毁灭。②

由于信仰的崩塌，现代企业制度的建立，现代人的生活日趋原子化，马克斯敏锐地指出了这些可怕的“现代病”。西方的没落在他看来不可避免。他悲观地喊道：“这个世界对我是多么地遥远，多么地恹恹然没有生气。”他指责社会上的大学生、年轻人毫无思想，“他们狂欢痛饮几年，然后从这种荒唐胡闹的天地中溜走，摇身一变，成了正人君子，在各层机关中为国家服务”。

马克斯认为，真正的欧洲精神存在于非理性之中，存在于“黑暗的中

---

① ［德］赫尔曼·黑塞．彷徨少年时［M］．苏念秋，译．上海：上海三联书店，2013：203.

② ［德］赫尔曼·黑塞．彷徨少年时［M］．苏念秋，译．上海：上海三联书店，2013：203-205.

世纪”和疯狂的尼采之中。“在欧洲，有一段时期被工艺技术的狂暴和骄横所击败和压制下来的人类的意志，会再度站起来，在前面处于显著的领导地位。那时，事情就会变得很清楚，就是没有一个地方，人类的意志是与现代各种社团的意志、国家的意志、群众的意志、各种俱乐部的意志、各个教会的意志相一致的。大自然要求人所做的，是不可磨灭地记载在个人身上，在你身上，在我身上。它是记载在耶稣的身上，也记载在尼采的身上。”①

最终，辛克莱摆脱了卡门青德式的“乡愁”，也摆脱了童年时代的阴影，成长为一个尼采式的“超人”。他以人类整体甚至超越人类的视野观看世界。“超人”不认为人类是完美的、永恒的存在，更不认为当今的社会已经达到了人类发展的最高境界。相反，这种新时代的新人类对导致第一次世界大战的那种旧制度、“旧人类”进行了无情的讨伐和鞭笞。

在小说里，辛克莱分析欧洲的前景说：“我们对于目前这个时代和当时的欧洲有了一种批判性的了解，由于惊人的努力，各种威力强大的新武器已经为人类创造出来了，可是最终又陷入极度的罪恶和精神上无际的荒芜。欧洲已经征服了整个世界，唯一的损失是失掉了自己的灵魂。”黑塞敏锐地觉察到了现实中的“西方的没落”，并借辛克莱和马克斯之口清晰地说道：“虽然我们没有法子表达出来，但是我们都清清楚楚地感觉到，这个世界即将崩溃，一个新的诞生就要来临了，而且可以感觉到了。”② 黑塞一直是坚定的人道主义者，他自始至终反对战争。他悲观但又敏锐地指出，德国并没有从第一次世界大战中吸取教训，相反地，绝大多数报纸、杂志、公开演讲、会议集会在宣扬狂热的爱国主义和虚假的民族对立，煽动复仇情绪。每天有越来越多的人在热心地准备下一场战争，黑塞断言：一场新的更大规模的战争正在酝酿。果然，1939 年，在小说发表 12 年后，

① ［德］赫尔曼·黑塞．彷徨少年时［M］．苏念秋，译．上海：上海三联书店，2013：205.

② ［德］赫尔曼·黑塞．彷徨少年时［M］．苏念秋，译．上海：上海三联书店，2013：217.

希特勒发动了第二次世界大战。

欧洲在脱离了中世纪的神学束缚的同时，也失去了精神的家园。这是黑塞对欧洲近现代的整体判断。他在不同的作品中重复着这个观点，反复地说，“这个世界非常腐败、堕落”，“ 这个世界要重建。空气中有股死亡的气息，不先经过死亡，没有任何东西能够诞生”，“将会有一场非常大的战争，一场规模非常庞大的战争。但是即使那样，那也仅仅是一个开始。新的世界已经开始了”。① 可以说，黑塞很早就预言了第二次世界大战的爆发。众人皆醉我独醒，他和少数几位有识之士的清醒，无法阻止德国和整个欧洲再次陷入战火。这样清醒的认识、这样无力的现实，使得黑塞在反求诸己之后，“发现了全世界对战争及杀人的嗜欲，发现了人类的不负责任及它的自我迷醉、它的怯懦”，最终退隐到瑞士一隅，专注于研究印度与中国的智慧。

专心钻研东方文化的结果，是黑塞著名的“向内之路”。这条向内之路同时也是“向东之路”。黑塞对东方文化的喜爱，尤其是晚年对中国道家思想和《易经》、禅宗的深入研究和熟练运用，一向为人们所熟知。在他人生后半段所创作的作品中，处处弥漫着浓郁的东方氛围，这也造就了他独一无二的“中国套话”。无论是《悉达多》《荒原狼》，还是《玻璃球游戏》，几乎通篇洋溢着对印度和中国文化毫无保留的崇拜、讴歌和想象。相形之下，在黑塞早期的小说中，更多的是对他自己生活其中的德意志国家体制和文化的强烈不满乃至绝望。从这种绝望出发，黑塞踏上了求道之路。经由印度文化，黑塞最终抵达了他精神追求的终点——中国文化。在黑塞看来，中国文化是拯救人类共同命运的希望。

《玻璃球游戏》是黑塞晚年的最后一部小说，也是集中展现其中国情结和对中国文化的高度赞美的一部作品。在小说中，黑塞开篇便引述了中国的《吕氏春秋》。

---

① ［德］赫尔曼·黑塞．彷徨少年时［M］．苏念秋，译．上海：上海三联书店，2013：234.

> 我们的文化对音乐的态度还有一个古老而值得崇敬的范例，这就是玻璃球游戏为之表示高度尊重的范例。在充满传奇色彩的春秋战国时期的中国，音乐在全国上下起着一种具有支配力量的作用。……我们这里只从《吕氏春秋》里论述音乐的章节中摘引数段：
>
> 音乐之所由来远矣，生于度量，本于太一。太一生两仪，两仪出阴阳。
>
> 凡乐，天地之和、阴阳之调也。
>
> ……
>
> 故治世之音安以乐，其政平也。乱世之音怨以怒，其政乖也。亡国之音悲以哀，其政险也。①

黑塞明言上述引文来自中国古代，德国学者沿波讨源后发现，这与格赖纳的小说集《中国之夜》（1913）中所载的《东周列国志》第六十八回“贺虒祁师旷辨新声，散家财陈氏买齐国”的故事有关。这个故事前半部分讲的是晋平公效尤无道的楚灵王，大兴土木，建造虒祁之宫。宫阙落成之后，卫灵公适晋朝贺。途中，灵公夜宿驿舍，偶闻神曲，遂命随行乐官师涓援琴习之。后师涓在虒祁之台为晋平公弹此新曲，琴音悲戚，为晋国的师旷阻止。师旷善辨弦声，听出师涓所奏乃亡国之音“清商”。晋平公转而命师旷弹奏惟有贤主明君方能享受的“清徵”之乐。师旷初以晋平公薄德寡义为由，拒绝鼓琴，终不敢违拗，只得从命。一曲“清徵”，引来蹁跹神鹤一群。晋平公叹为观止，复令师旷演奏“清角”之曲。师旷固辞，无奈晋平公逼迫再三，不得已再度操琴。孰料琴声起处，阴云冉冉，顷刻之间，风雨骤至，虒祁之台毁于一旦。自此，晋平公受惊染恙，三年而亡。

---

① ［德］赫尔曼·黑塞．玻璃球游戏［M］．张佩芬，译．上海：上海译文出版社，2011：16.

黑塞在小说中进一步总结道，古典音乐是人类一切文化的提炼与总括，是最清晰、最典型的文化现象。欧洲人在音乐里继承了古希腊罗马的和基督教的文化遗产，继承了“一种开朗、勇敢的虔诚精神，一种高尚的骑士道德”。他认为，音乐作品的风格和表达方法虽然差别悬殊，但是它们所蕴含的道德精神都完全相同，即努力以精神优势去克服一切偶然性——用人类的精神存在去对抗死亡和虚无。古典音乐的姿态也因此意味着对人类悲剧命运的认知以及对智慧、勇敢、乐观的赞同肯定。几乎所有的古典音乐——“全都鸣响着一种倔强精神，一种无视死亡的刚毅，一种骑士气概，一种超越常人的笑声，它们产生自不朽者的愉悦开朗。”①这是小说引言中关于古典音乐的论述，完全可以与《吕氏春秋》中《大乐》一章相类比。

整部小说都建立在一个被称作“玻璃球游戏”的庞大隐喻之上，而从以上的说明文字来看，这个虚构的、音乐化的、代表人类精神艺术最高境界的游戏，显然正是以中国古典文化为蓝本。除了将中国古典文化作为整体象征物予以引用和赞美之外，小说中直接涉及中国文化方方面面的内容亦比比皆是。

黑塞在小说中将一个虚构的学术机构“卡斯塔里”视为学术共同体的象征乃至当代人类精神世界最高范式的象征，而“卡斯塔里”最终极的模仿对象，便是中国文化，以至于小说中象征着“卡斯塔里”最高成就的便是一座“中国屋”的建成。当然，学园虽然欣欣向荣、美妙无比，但也隐藏着先天的致命缺陷，这一缺陷大抵是上文所言的欧洲文化的本质缺陷。崇尚理性的德意志民族，世界观向来明确且简洁。在追求的目标上，德意志民族从来没有放弃过设计一个完美世界的尝试——无论是歌德的“世界文学”观念，或是尼采的“超人哲学”，或是在政治上走入歧途和邪恶并最终给全人类带来巨大灾难的法西斯主义，其思想出发点都建基于此。可

① ［德］赫尔曼·黑塞．玻璃球游戏［M］．张佩芬，译．上海：上海译文出版社，2011：28-29.

以说，德意志人真的就像他们自己所标榜的那样，是古罗马帝国真正的继承者，因此跟古希腊古罗马人一样，他们追求真理、自由和绝对的善，或曰秩序。从柏拉图那里一脉相承的虚无缥缈的、纯粹出于理性设想的“理想国”，一方面是人类理智的最高体现，另一方面则也有落入虚无和毁灭的危险。这就是卡斯塔里学园的先天不足之处。主人公克乃西特敏锐地觉察到了这一点，却无法以一己之力解决，因此陷入绝望的痛苦。黑塞用了大量篇幅探讨这一问题。他本人在晚年也半自嘲半认真地承认，《玻璃球游戏》只不过是“一个知识分子的梦”。而在追求的方式上，德意志民族也继承了欧陆文化的传统，崇尚二元对立的思维方式。这样一种传统可以说来自古希腊哲人的善恶之辨，也来自基督宗教上帝与魔鬼、天堂与地狱的二元对立世界观，再深入探究的话，亦来自古代波斯拜火教（琐罗斯亚德教）光明与黑暗对世界的争夺之教义——从尼采的《查拉图斯特拉如是说》（查拉图斯特拉是拜火教创始人）和黑塞的《查拉图斯特拉的归来》可窥见一斑。对于以上两点——本体论上追求“理想国”，价值论、认识论和方法论上使用“二元对立”模式——黑塞都进行了深刻的反思和批判。他没有完全否定这两点所包含的真理性和正确性，而是以平和的、沉思的姿态指出其局限，并试图以自己的方式寻求出路。黑塞是德国少有的甚至可以说是仅有的对欧陆理性至上的从本体论层面对文化抱有怀疑态度并因此转向东方寻求解决方案的作家，他笔下的主人公克乃西特，是一个纯粹的学者，在经历了由浅入深的学习之后，渐渐认识到东方文化的神秘和魅力，继而从非理性主义哲学的角度反思“理想国”——在小说中就是卡斯塔里学园——貌似绝对正确、绝对的善背后存在的致命缺陷，并不惜以自己的决然辞去最高游戏大师职务、随后溺水身亡的悲剧命运来警醒整个学园。他的溺水身亡，蕴含着极其丰富的深意。首先，他的死是王国维式的殉道，而绝非偶然事故。其次，溺水身亡在黑塞小说中出现过多次，绝非偶然。其中包含着来自《圣经》的宗教因素和黑塞本人的审美倾向。最后，水的意象是原始的、非理性的，指向东方文化特征。可以说，黑塞给小说留下了一个开放式的尾巴，卡斯塔里学园该何去何从，黑塞并未明言，然而一切却已都在不言中。

无论是“卡斯塔里”还是“玻璃球游戏”，都寄寓着黑塞对世界的看法和期望，那就是在双极性的哲学思辨之中，创造一个人类精神思想共同体，一个人类的终极精神家园。所谓双极性，即神学与人学、理性与感性、科学与艺术、东方与西方、传统与现代、“祛魅”与“返魅”，乃至个人与集体、欲望与道德、肉体与精神、权利与责任……二元矛盾对立的哲学思维模式是西方哲学一贯的思路。在“玻璃球游戏”之中，恰如黑塞所言，包含了关于这一切的思索。黑塞式的“双极性”观点是《玻璃球游戏》的重要基本要素和思维模式。

黑塞对这一精神思想共同体的构想，既类似于一所现代研究型大学，又类似于“理想国”式的崇尚知识理性的哲学家治理国度。或者我们干脆可以说，这就是黑塞对人类最终政治形态、最终国家形象的建构。“卡斯塔里”就是黑塞的“理想国”，“玻璃球游戏”就是黑塞的“浮士德”。

小说的核心意象就是“玻璃球游戏”。小说开头介绍说：

> 正如任何伟大的思想并无开端可言一样，因为凡是思想均为永恒存在。我们发现，早在若干古老的世纪以前，思想便以期望与预感的形态出现了。例如，在毕达哥拉斯的著作里，稍后，到了古希腊罗马文明的后期，又可在希腊的诺斯替派圈子里发现它的踪迹，同样在古代中国文化中也不少见。……每一项促使心灵趋向宇宙整体目标的运动，每一种柏拉图主义学会，每一个知识精英集会，每一次试图让实用与理想科学互相结合的活动，每一种调和科学与艺术或者宗教与科学的尝试，无不建立于这一永恒的思想基础之上，而我们看到的玻璃球游戏便是上述一切的具体体现。①

---

① ［德］赫尔曼·黑塞．玻璃球游戏［M］．张佩芬，译．上海：上海译文出版社，2011：6.

“玻璃球游戏”的先声，其本质是一种调和两极的思想和尝试，亦即黑塞念兹在兹的“双极性原则”的发展。黑塞已经说得再明白不过，“玻璃球游戏”就是有史以来人类精神思维的象征物，是理性与非理性的混合，是至高无上的追寻真理的游戏。按照小说的说法，“当时的玻璃球游戏大师托马斯·封·德·特拉维是一个游历过世界各地的著名人士”。根据托马斯·曼所写的文章《浮士德博士的诞生》的回忆，黑塞笔下的音乐大师正是对托马斯·曼的隐喻。

《玻璃球游戏》中的一条主要线索，是贯穿全文的对知识分子地位与历史作用的争论。黑塞以局外人、画外音的手法，以及通过克乃西特的心灵独白，对这一问题进行了更加深入和全面的分析。为此，黑塞提出了“副刊文字时代”的概念。他描述道，实际上“副刊文字”时代并非毫无思想，甚至从来不曾缺乏思想。只不过，那个时代对精神思想考虑甚少。所谓“副刊文字时代”，其实就是黑塞本人所处的当时德国社会的隐喻。

当然，作为生活在现代社会、深受西方文化浸染的德国人黑塞，对中国传统文化的不足之处也非常敏锐、毫不留情地予以批评。他说：

> 一个人可以让自己变成一个中国人，把自己封闭在篱笆后面，过一种自给自足的完美生活……然而，所有这一切仅是逃避而已，仅是放弃追求万有的少数人士的作为，这些人为了享受完美而放弃了现在和未来；他们只活在过去之中，这是一种被理想化了的逃避。①

在这里，黑塞指出了包括中国隐士在内的“传统型”知识分子的缺陷：只停留于个人的完美世界。其根源在于坚守信仰而拒斥怀疑，即传统思维的先验论倾向。现代知识分子最大的贡献则是把理性引入精神世界，打破圣殿，发出质疑一切的呼声。当然这又造成了另外的不良后果，这些

① ［德］赫尔曼·黑塞．玻璃球游戏［M］．张佩芬，译．上海：上海译文出版社，2011：109.

后果也令现实中的黑塞深受其苦。

令人惊讶的是，在指出中国传统型知识分子的缺陷的同时，黑塞以更为敏锐、深邃的目光，看到了中国传统文化在处理精神世界与现实历史之关系这一形上难题上的超拔和成熟。正像他的德国同胞斯宾格勒在《西方的没落》中提及的那样，黑塞也认为，从自然人性出发的历史意识才是一名知识分子所掌握的学识中最核心也最珍贵的部分。然而在现代理性至上和学科划分日益精细的学术环境下，这样的历史意识越来越淡薄了。黑塞借小说中玛丽亚费尔修道院长老之口批评卡斯塔里人——也就是富于理性和思考的现代学者——完全欠缺历史意识。因为他们往往“按照自己的口味蒸馏出了一部世界历史”，其中仅有理念，没有血肉。人们精确地知道某些著作和理论的发展脉络，却完全不理解亚历山大、恺撒和耶稣。人们探讨历史就像一个数学家探讨数学，其中只有定律和公式，却没有现实，没有善与恶。黑塞进一步大声呼吁：“研究历史不是开玩笑，更不是不负责任的游戏。一个人想从事历史研究，首先得明白自己试图去做的是一种几乎不可能完成，然而却因其重要性而必须去做的最重要工作。所谓研究历史，亦即是说他会面对一片混沌，然而却得持有维护秩序和意义的信念。”①历史意识的淡薄，应归咎于现代性的理性至上主义。而这种将历史玩弄于数据和理论之上的做法，直接导致了各种各样的“乌托邦”宏大叙事出现，出现了以希特勒的“国家社会主义”为典型代表的种种看似美好天堂、实则人间地狱的“创造历史”的虚妄之举。根据小说后半部分的论述，黑塞将解决这一问题的希望寄托于中国的儒家思想之上。他最终辞去最高游戏大师的职务，投身于外部世界的普通教育工作，这既是浮士德式的一跃，也是受儒家积极入世、普济苍生情怀影响的结果。

二、与黑塞同气相求的时代思潮

黑塞很小的时候就表现出与社会一致性的格格不入，最典型地表现在

① ［德］赫尔曼·黑塞．玻璃球游戏［M］．张佩芬，译．上海：上海译文出版社，2011：137-138.

两个方面：首先是上面提到过的青少年遭遇的教育危机，其次是成年以后在对待战争的问题上成为全民公敌。黑塞在好不容易摆脱了青少年时期地狱般的痛苦生活，通过写作而过上了相对稳定安逸的日子后，不久便再次陷入与社会规范的冲突之中。这一次是规模更大的冲突，上演的舞台不是学校而是整个德国社会，引发的轰动也大得多。黑塞的前半生基本上是在德国崇尚强权的“威廉时代”（1890—1918）度过的，在这一时代，德国的民族主义情绪迅速膨胀，为 20 世纪 30 年代希特勒上台、纳粹思想横行打下了基础。当时“威廉时代整个德国的特点，是灿烂辉煌的物质繁荣和军国主义、海军主义、民族沙文主义的大发展”。①黑塞对此十分不满，直言不讳地在报刊上发表文章，抨击当时德国穷兵黩武、积极准备第一次世界大战的政策，因而招致了德国民众的猛烈抨击。这也直接导致了黑塞的精神危机。而在十几年后第二次世界大战即将爆发之际，他也在反思整个德国的体制乃至整个欧洲的文化，他反感和讥讽周围的德国人毫不吸取第一次世界大战惨败的教训，反而积极准备下一次战争，整个社会弥漫着愚昧和狂热的气氛。黑塞回忆第一次世界大战期间他发表的反战言论招来了无尽的谴责和谩骂：“从战争一开始，我就一直感到十分难过……而我周围的每一个人的一举一动却似乎显示出，他们对同样的不幸事情却充满着快活的兴奋之情。当我从报上读到名作家表露他们对战争的福泽的文章及教授们为战争所作的摇旗呐喊，又眼见名诗人书房里所涌出的讴歌战争的诗文时，我内心感到更加的难过，甚至深恶痛绝。1915 年某一天，我终于按捺不住地将我内心的不齿公开表示出来，同时我对一般所谓饱学之士居然率先宣扬仇恨，散布谎言，将大灾大难吹捧上天的作风，亦深表遗憾。这种与众不同的悲切表示立即引来轩然大波，我祖国的报纸直斥我为叛国贼。”②国际文化和世界文学视野使得黑塞很早就超越国家和民族的局限。从个人出发，直达全人类。然而他的同胞却不理解他。即使在战后，整个

---

①　丁建弘．德国通史［M］．上海：上海社会科学院出版社，2002：278.

②　［德］赫尔曼·黑塞．孤独者之歌［M］．蔡伸章，译．上海：上海三联书店，2013：93-94.

德国也没有彻底反思。黑塞将这种现象归咎于整个欧洲近代文明的本质缺陷。他说：“由于惊人的努力，各种威力强大的新武器已经为人类创造出来了，可是最终又陷入极度的罪恶和精神上无际的荒芜。欧洲已经征服了整个世界，唯一的损失是失掉了自己的灵魂。”①

在黑塞之前的时代，在近代西方，欧罗巴中心主义曾经盛行一时，当时的欧洲，无论平常人还是学者、思想家，思维往往都带有地域中心和民族主义倾向。如黑格尔就曾对中国文化大加挞伐。然而随着时代的进步，在黑塞所处时代的欧洲乃至今日，早已出现了不同于传统的欧罗巴中心主义的史学观念和哲学观念。如在史学方面，最明显的要数斯塔夫里阿诺斯的全球史观和斯宾格勒的文化形态史观。

建基于“文明模式论”的世界历史分期是《全球通史——1500 年以前的世界》的最大特色。斯塔夫里阿诺斯吸收并发展了汤因比的“文明模式论”——认为历史研究中“可以说明问题的”单位，“不是民族（国家），也不是时代，而是文明”。斯塔夫里阿诺斯按照文明的演进的历程，将公元 1500 年以前的世界历史分为史前人类、欧亚大陆的古代文明、欧亚大陆的古典文明、欧亚大陆的中世纪文明四个阶段。对于全球范围内的各个人类文明，他基本上能够做到一视同仁，将其放置在全球史观的视野下进行较为客观的观照和分析。斯塔夫里阿诺斯的“全球史观”把世界作为一个整体来看待，抛弃了传统欧洲史学欧罗巴中心主义的偏见。他在《全球通史——1500 年以前的世界》的开篇即强调“本书是一部世界史，其主要特点就在于：研究的是全球而不是某一国家或地区的历史；关注的是整个人类，而不是局限于西方人或非西方人”。② 综观该书，历史以全新的面目呈现在世人面前，已非过去那种刻板的、以国别划分为基础的“自我中心”叙事模式。这也为我们如何认识全球视野下的中国形象，如何看待想

① ［德］赫尔曼·黑塞．彷徨少年时［M］．苏念秋，译．上海：上海三联书店，2013：217.

② ［美］L. S. 斯塔夫里阿诺斯．全球通史——1500 年以前的世界［M］．吴象婴，梁赤民，译．上海：上海社会科学院出版社，1988：54.

象与现实、历史与未来的关系提供了有益的思路。

斯宾格勒的文化史观也值得重视。他认为文化多元且无高低贵贱之分，人类历史不仅仅有一个衡量文化价值的体系，而且由许多个体系所组成。一般西方史家眼中的世界通史通常以欧洲为主，斯宾格勒则认为那是主观偏见构成的。他认为应该充分承认除西欧文化之外的其他文化的存在，并且，他还提出“文化的命运论”，认为所有的文化体系都像有机生物体一样，有萌芽、盛兴、衰落的过程。他预言每一个有机文化体系的生命周期是 1400 年。这是他的一个大胆宣言。这一观点一经抛出，便在史学界引起轩然大波。19 世纪以来，进化论在自然科学和社会科学领域都已成为“政治正确”的思维模式，斯宾格勒则主张文化正如生命一样，有自己萌芽、兴盛、垂老、僵死的不可逃避的命运，每种文化都有自己的基本理想（fundamental idea）、精神（spirit）或灵魂（soul），虽然相互之间也能产生一些影响，但每种文化依然遵照着自己的根本精神在生长与衰灭。每种文化都有兴亡，而整个世界的文化既不是单独的，也不是进化的，它就像一个复杂的生命体。“天地不仁，以万物为刍狗。”（《老子·第五章》）因此，斯宾格勒认为西方必将在经历近代的无比辉煌之后，逐步走向没落。这就是他的“文化命运循环论”。斯宾格勒最推崇的尼采，也是这一观念的忠实拥趸。他相信宇宙间一切生命都有其发育的节奏和生长老死的程序，即使虚无缥缈的人类活动和精神文明的产物——文化，亦不能逃出此定理。斯宾格勒在书中的主要结论，是认为西方世界已经面临两种革命运动的威胁，各国已战战兢兢，大有朝不保夕之感。18 世纪的理性主义曾给欧洲带来巨大进步，卢梭的政治论、亚当·斯密的经济论，皆是理性主义的结晶。然而在斯宾格勒看来，理性主义乃是宇宙间“最顽蠢”之物，因为它毫不理会“生命的意义”之为何——关于这个观点，完全可以对照上文提到的玛丽亚费尔修道院院长对卡斯塔里学者的批评之语，何其相似！一群“脱根”（uprooted）的人民离开故土进入现代城市，必然失去固有的“活泼本能”，只知运用所谓“冷静的头脑”而作空谈。所以，在斯宾格勒看来，欧洲的理性主义发展之所及，终必至于虚无主义，纲纪荡然无存，社会全体崩溃。

斯宾格勒的上述观点，大部分不仅很有见地，而且正如上文所说，与黑塞小说的主导思想不谋而合。可以说，在诸多对人类文化的认知中，斯宾格勒与黑塞颇为契合。黑塞小说中大段大段关于西方未来命运的议论，完全可以当做斯宾格勒学术著作的注脚。

三、黑塞式“中国套话”的当代价值

通过以上总结、分析，我们可以看出，黑塞的“中国套话”与当时流行欧洲的“中国套话”恰恰背道而驰。对于当代来说，黑塞式“中国套话”的深刻之处就在于它是纯粹个人的、发自内心的、从感受出发的常识和思维，虽名之曰“套话”，却不是空洞的教条和宏观话语。这一艺术风格和思维方式，来自黑塞本人的人生经历，也来自其背后深厚的德国浪漫主义传统。黑塞通常被与德国新浪漫主义运动联系起来，被德国的文学研究者称作“孤独的浪漫主义者”。确实，他的世界是“小蓝花”、星星、月亮、花朵、河流、林中女神的，是诺瓦利斯（Novalis）和 E. 霍夫曼（E. Th. Hoffman）和让·保罗（Jean Paul）的，充满了对上帝与世界、灵魂与肉体、男人与女人和谐统一的浪漫渴望。简而言之：他的世界是德国浪漫主义风格的一切东西。①这使得他的作品一方面表现为个人情感的喃喃自语，一方面又渗透着超越现实的崇高精神。

对于大众传媒时代而言，黑塞的话语是对抗群体性癫狂的解药。对于当前的中国社会来说，更是引导我们反思和前进的明灯。我们的大众社会舆论已经分裂得很明显，尤其是在网络时代背景下，众声喧哗，各种虚幻

① Claude Hill. Hermann Hesse and Germany [J]. The German Quarterly, 1948, 21 (1): 14 (Hesse is usually linked with the German Neo-Romantic move- ment and often called “a lonely romanticist” by historians of litera- ture. And indeed, his is the world of “die blaue Blume,” the stars, the moon, the flowers, the rivers, the nymphs; of Novalis and E. Th. Hoffman and Jean Paul; of the romantic longing for unification of God and World, soul and body, man and woman; in short: of every- thing which is characteristic of German Romanticism).

的想象和观点层出不穷。从学界的“新儒家”与“启蒙派”之争，到网络上的“五毛”与“公知”的骂战，皆是典型且涉及范围广泛的例子。因此，如何“正确地想象”，或者说，如何尽可能地重建想象的共同体，构建共同的公共对话空间，是中国社会当务之急，无论是对学界还是对大众传播事业而言都是如此。

就此点看来，黑塞的价值无比重要。1915 年 10 月，茨威格在致罗曼·罗兰的信中说：“我觉得刚出版的《克诺尔普》① 是黑塞最美之作：书里有一个德意志国家，是从来还没有人认识到的，就连我们德国人自己也不例外。这确实值得人们喜爱。”②茨威格是奥地利人，属于德语作家，他自称“我们德国人”也并不奇怪。他和罗曼·罗兰都是一代文豪，同时也都是黑塞一生中最好的朋友，无论是从专家的角度还是从挚友的角度，他们对黑塞及其作品的评价都不容忽视。那么，为何茨威格要说“书里有一个德意志国家，是从来还没有人认识到的”呢？这对于我们审视和评价黑塞作品的特色和价值又有何启示呢？

首先，黑塞是与众不同的。前面已经讲过，黑塞与托马斯·曼、罗曼·罗兰和斯蒂芬·茨威格一起，共同组成了“欧洲的良心”和文化界的反法西斯阵营，而这一高贵自由的精神传统则早在德国纳粹抬头之前就已经存在。与大多数庸庸碌碌的文人相比，黑塞和他的朋友们很早就意识到民族主义意识的狭隘和局限。他们继承了歌德的“世界文学”传统，倾向于将世界文化看做越来越交流融合、最终密不可分成为一体的人类精神共同体。这一出发点使得他们一开始就以超出同侪的眼光审视本国、本民族乃至整个欧洲，并得出“从来还没有人认识到”的结论。

其次，黑塞是智慧的。他从超越国家和民族的视野出发，精确地看到了近现代欧洲文明的致命弊端：理性至上。工业化、民族国家、“副刊文字时代”（即对大众传媒社会的讽喻，详见第三章），这些都是近代启蒙以

① 按：《克诺尔普》（Knulp）即《漂泊的灵魂》，其同名主人公又译作“克努尔普”。

② 张佩芬．黑塞研究［M］．上海：上海外语教育出版社，2006：52.

来的理性的产物，在给人类带来新纪元和新福祉的同时，也带来了深刻的危机。海德格尔的“诗意的栖居”在黑塞时代已是奢望。而这些，智慧且敏感的诗人最早发觉。

最后，黑塞悲惨的童年遭遇及其愤怒的反抗是这一思想的个人情感根源。黑塞很早就说过，“要么做一个诗人，要么什么都不做”。然而在当时的德国，大概“你什么都可以做，但最好不要去做诗人”。现实要求他进神学校，毕业后做一名神职人员；或者去做商人、政治家；再不济，也要做一名自食其力的产业工人或书店职员。与现实的格格不入使得诗人愤怒、绝望。这样的绝望让苏联诗人布罗茨基发出了“人跟人是不同的”的呼喊，也同样在黑塞心中种下了在中年之后倒向神秘的东方以寻求内心慰藉的种子。而在写下《在轮下》的 1905 年和写下《漂泊的灵魂》的 1915 年，黑塞尚未经历人生中第二次致命的精神危机（第一次当然是导致他自杀未遂的少年求学时代），并没有将目光坚定而明确地投向东方和内心最深处。在这个阶段，他只是愤怒、反抗、思考。其直接结果，就是在这一时期的作品中，黑塞对德意志国家形象的想象、概括、批判和重构。而从这一时期开始种下的种子——批判德国现实社会、扭头向遥远的东方寻找“理想国”——则一直在默默生根、发芽，直至在《荒原狼》《知识与爱情》中发展壮大，最终于《悉达多》和《玻璃球游戏》中结出丰硕果实，从而建立起属于黑塞自己的、在思想上已成系统的中国形象。

第二章　黑塞小说的中国形象

黑塞的作品具有强烈自传性和隐喻性，在形象塑造上，也往往钟情于反复刻画某一具有隐喻象征的形象。如果我们在对中国传统文化的审美特性有一定认知的基础上，以主动的双向阐发眼光去深入探究，尤其是联系其在生命的最后一部小说《玻璃球游戏》中对中国文化的推崇来看，他作品中的许多看似与中国毫不相干的形象，其实早已暗含了黑塞走向东方、走向中国的宿命之路。

本章选取了以下三类形象（意象），予以具体分析阐释。

智者形象：黑塞对东方（中国）无条件的赞美和理想化想象。

母亲形象："六经注我"，以富含东方意蕴的母亲形象（阴性、生命、包容、死亡、乡愁）来表达对东方属性的赞美。

同性友爱意象：更加形而上的象征意象，进一步以阴性、文弱、精神性来暗喻东方，以阳性、进取、理性思维等来暗喻西方；以同性友爱关系以及二元对立的主人公命运发展来暗喻对东西方文化命运走向的判断。

第一节　智者形象

东方人的智慧曾经在近代早期的西方人心中留下了不可磨灭的印象。正如第一章所言，在 18 世纪上半叶，这种对东方的崇拜和赞美达到了顶峰。而在黑塞生活的时代——19 世纪下半叶至 20 世纪上半叶，实际上西方对东方的印象和评价已经发生了180°大转变，从赞美转向鄙夷，东方的智者形象也往往被愚昧、落后、残忍甚至“东亚病夫”之类的刻板印象所代替。然而在“保守”的黑塞那里，依然保留着对东方的崇拜。因此，黑塞小说中不乏生动的东方智者的形象。这些智者形象，一方面具有典型的东方味道，另一方面与传统欧陆文学中的智者形象形成鲜明对比，它们非常典型地体现了黑塞的中国情结以及对中国的想象。

一、黑塞小说中的诸多智者形象

1. 弱者波比

> 上善若水。水善利万物而不争，处众人之所恶，故几于道。居善地；心善渊；与善仁；言善信；政善治；事善能；动善时。夫唯不争，故无尤。
>
> ——《道德经》第八章

在黑塞最早的作品《乡愁》中，便出现了一个残疾人身份的智者：波比。此人虽非东方人，也没有受过丝毫东方文化的浸染，但是他的天性和气质中自然散发出一种东方智者的特质。可以说，此时尚未系统研究中国文化的黑塞，已经不自觉地在文学创作中展露自己的某种与东方情趣契合的价值观。

《乡愁》中有这样一段场景：在第二次恋爱失败之后，主人公卡门青德再也忍受不了孤独的折磨，踏上了返乡之旅。在家里休息了一阵子之后，他又远赴意大利旅行。归来之后，他过上了一段相对平静安宁的生活。他结识了一个木匠朋友，常常去他家做客。在木匠清贫的家庭中，他“仿佛闻到那没有地位、教养、财产的人们所住的故乡气息。这里的人，没有耍滑头、装腔作势与虚伪的闲工夫。……在这里，我觉得自己被具有实体的东西包围着，已一改往日的空虚气氛”。① 在这种令人心安的氛围里，在目睹了木匠的小女儿去世之后，卡门青德结识了木匠家里来的一位新成员：木匠的妻弟——残疾人波比。波比半身不遂，“是一个模样怪异、身子呈扁圆形的人，常常一动不动地对着窗坐在桌子旁边，他坐的椅子有如幼儿的座椅似的系着皮带”。② 他的背上长着两个隆起的肉球，几乎看不到脖子，前额宽广，鼻子硕大，然而眼神却异常澄澈。身体一向健壮的卡门青德以前不曾体会过残疾人的痛苦，甚至常常对残疾人投去轻蔑的眼光。木匠也苦于多了个家庭累赘，对波比态度冷淡。然而在卡门青德与木匠一家结伴外出远足、喝酒吃饭，丢下波比独自在家时，卡门青德却突然良心发现似的，想起了没有人爱、被大家视为累赘的波比，被独自禁锢在夜幕降临的屋中，孤寂独坐，无法自理。刹那间，卡门青德羞愧难当。他想到自己曾钟情于宗教圣徒圣法兰西斯，研究他的事迹，背诵爱的赞歌，而当一个被遗弃的可怜人摆在自己面前时，自己却袖手旁观，不肯施与慰藉。“似乎一只无形的举手伸进我的胸怀，捏碎我的心，我感到羞耻、痛苦。”③ 于是他推开椅子，独自飞奔回去。自此后，他与波比结下了深厚的友谊。而他“良心发现”的那一刻，不禁让人联想起尼采抱着被鞭打的马匹痛哭的场景。

波比是弱者，同时也是智者。卡门青德在与他交往的过程中，益发觉得“这位天生佝偻的波比，却足可当我的老师，令我感到佩服、感谢不已”。④ 这是黑塞接受东方哲学的典型体现。在东方文化中，无论是印度还是中国，都将柔弱、卑贱视作内心强大的外在特征。佛祖释迦牟尼悟道之

① ［德］赫尔曼·黑塞．乡愁［M］．陈晓南，译．上海：上海三联书店，2013：186.

② ［德］赫尔曼·黑塞．乡愁［M］．陈晓南，译．上海：上海三联书店，2013：186.

③ ［德］赫尔曼·黑塞．乡愁［M］．陈晓南，译．上海：上海三联书店，2013：186.

④ ［德］赫尔曼·黑塞．乡愁［M］．陈晓南，译．上海：上海三联书店，2013：186.

时，形容枯槁，断绝饮食，状如乞丐，与锦衣玉食的国王不可同日而语。如上所引的老子《道德经》第八章“上善若水”更是在东方文化中深入人心。甚至《圣经》中记载耶稣基督被钉十字架，也未尝不可看做这种东方审美意识在宗教上的延伸：卑贱强过高贵，柔弱胜过刚强。基督教文化一向被看做欧洲文化的两大源头之一，但其源头始于东方（较欧洲地理位置而言）的希伯来犹太教，尤其是早期的《旧约》，其内容多带有东方文化的烙印。

经历了世俗的磨难，又与波比相处聊天，卡门青德的内心逐渐平静下来。他开始热爱人类，热爱生活。“我想告诉他们爱之为物。然而我待人是那样粗暴，只有嘲笑，没有感情，因此我感到行为与内在间的分裂，我深切体认到必须改变对人的冷淡的态度，取而代之的是亲爱之情。”①这样由漠视一切、排斥一切外在之物转向拥抱一切、热爱一切的态度，在后来的《悉达多》之中表现得非常明显。可以说，这是黑塞总结出的一条悟道之路。当然，鉴于《乡愁》只是黑塞的早期作品，这一条悟道之路才刚刚开头。

2. 服侍者里欧

> 江海之所以能为百谷王者，以其善下之，故能百谷王。是以圣人欲上民，必以言下之；欲先民，必以身后之。是以圣人处上而民不重，处前而民不害。是以天下乐推而不厌。以其不争，故天下莫能与之争。
>
> ——《道德经》第六十六章

在黑塞中期小说《东方之旅》中，作者塑造了一个富有神秘气息的人

① ［德］赫尔曼·黑塞．乡愁［M］．陈晓南，译．上海：上海三联书店，2013：145.

物：服侍者里欧。在相当的篇幅里，这位里欧以服侍者的身份出现，直至小说的后半段，他神秘失踪，并由此给小说的走向带来意想不到的变化。

作品的主人公并非里欧，主人公 H. H（很明显这是赫尔曼·黑塞本人名字 Hermann Hesse 的缩写，与黑塞的其他众多作品一样，这又是一部带有浓厚精神自传色彩的作品）以第一人称出现，他并非心血来潮地独自向东旅游，而是参加了一个神秘的“盟会”，该盟会组织了声势浩大的伟大征程，即所谓的“东方之旅”——这很容易让人联想到历史上真实的十字军东征。实际上，小说直接提到了“孩子们的十字军”这一说法。然而这场伟大的运动却没能完成，它在中途神秘地夭折了，H. H 也随之退出盟会。此后很长一段时间，H. H 不断反思，偶遇里欧，与之进行了交谈，最终重新加入盟会，承担起了更重要的职责。

恰如德国研究者 John Derrenberger 所言，在困惑的 H. H 与充满矛盾的里欧——前者是赫尔曼·黑塞“象征性自传”《东方之旅》中的主人公，后者则是小说中集仆人与远征团队领导者为一体的形象——之间的神秘关系之中，最为复杂的事件发生在小说的结尾部分。① H. H 在重新加入团队的过程中，发现一个由两个形象捏合而成的塑像：一个是里欧，一个是他本人。在烛光中，他意识到：我必衰微，他（里欧）必兴旺。对于 H. H 来说，这是个性化过程中的真正自我认知的时刻（This is the moment of true self-knowledge in the process of individuation）。这最终导致一个问题：里欧的本质特征是什么（What are the characteristics of Leo）？

很明显，这部小说的主题是追寻东方精神，而其结局带有很强的开放性，令人回味不已。小说的神秘色彩比《荒原狼》和《纳尔齐斯与歌尔德蒙》有过之而无不及。“诗人是一位魔法师，他从人人熟识的东西中取出

① John Derrenberger. Who Is Leo? Astrology in Hermann Hesse's “Die Morgenlandfahrt”[J]. Monatshefte, 1975, 67 (2): 167 [The most comprehensible event in the mysterious relationship between confused H. H., the protagonist of Hermann Hesse's “symbolic autobiography”, Die Morgenlandfahrt (1932), and paradoxical Leo, the servant and leader of the Order of Voyageurs, occurs at the very end of the novel].

了大家不熟识的东西，他在一切事实的真实性上高高升起了理想概念的超真实性。”①研究者普遍认为，这部《东方之旅》是黑塞最后一部小说《玻璃球游戏》的先声和预备，二者在主题和结构上颇具相似性，在一些关键的字眼上也明显互文。但是在这里，我们暂且将目光集中在里欧身上，而不谈其他。

小说这样描述里欧：“他是我们的仆人之一，他协助携带行李，而且常奉派去替队长个人服务，这个毫不矫饰的人，身上具有非常令人喜悦，可以谦逊地赢取周遭人们欢心的东西，这让大家都喜爱他。他快活地工作，通常是一边走一边唱歌或吹口哨，除了人家需要就绝对看不到他——实际上，他是一名理想的仆人。”②然而这位仆人在旅途中对 H. H 说了这样的话：“服务的法则。想长寿的人必须服务。但是想统驭的人却不长寿。……生为主人的为数不多，他们保持快乐和健康。但是其他借着努力才成为主人的那些人，结果是落得一无所有。”③ 我们可以将这段话与上面所引的《道德经》第六十六章比照，以及第七章：

> 天长地久。天地所以能长久者，以其不自生，故能长久。是以圣人后其身而身先，外其身而身存。非以其无私也，故能成其私。

实际上，除了智慧的话语，对里欧行为的描述也与《道德经》所推崇的圣人之貌类似。里欧“除了人家需要就绝对看不到他”，恰似《道德经》十七章“太上，不知有之……功成事遂，百姓皆谓我自然”的状态。

在后来的路途中，里欧神秘失踪了，人们开始发现这个毫不起眼的仆人“重要性似乎与时俱增”，甚至到了“这项事业本身似乎就神秘地失去

---

① 张佩芬．黑塞研究［M］．上海：上海外语教育出版社，2006：69.

② ［德］赫尔曼·黑塞．东方之旅［M］．蔡进松，译．上海：上海三联书店，2013：69.

③ ［德］赫尔曼·黑塞．东方之旅［M］．蔡进松，译．上海：上海三联书店，2013：75-76.

了意义”的地步。最终不可避免地，东方之旅也随之夭折。H. H 痛苦异常，甚至卖掉了自己的小提琴，以示永远放弃事业——这明显是黑塞本人在第一次世界大战期间遭遇信仰危机的写照。如是十几年后，H. H 又偶遇里欧，他一点儿也没显老，仍然吹着快活的口哨。里欧在聊天中假借评论古代大卫王来暗示自己的身份：“我觉得他后来成为国王，是一件可惜的事情。他当音乐家的时候，为人要快乐得多，而且也善良得多。”这一暗示在后来变成了明示：H. H 重新加入盟会，在经历了一系列繁琐的考验之后，盟会的会长终于现身——这个人居然就是里欧。他“穿过一排排的执事，像一位教皇似的登上了宝座”。里欧，从前的脚夫和仆人，现在却站在整个盟会的前头，给予入会者判决。H. H 发现自己误解了所有的东西，盟会没有抛弃他，东方之旅也没有夭折，一切都是他自己的愚昧造成的。他心悦诚服地赞美里欧：“他必兴旺，我必衰微。”这是出自基督教圣经《新约 · 约翰福音》的名言，是约翰对耶稣基督的赞美之词。值得注意的是，这一句话在黑塞其他小说如《彷徨少年时》中也曾出现过。

整体看来，服侍者里欧是兼具《道德经》中圣人和《圣经》中耶稣基督形象的人物。

3. 引导者华素德伐

> 道冲而用之或不盈。渊兮，似万物之宗。挫其锐，解其纷，和其光，同其尘。湛兮，似或存。吾不知谁之子，象帝之先。
>
> ——《道德经》第四章

摆渡人华素德伐也出现在黑塞著名的《悉达多》中。其大致形象为：和光同尘，普度众生，在默默无闻的普通的俗世生活中寻得佛教的真谛。

《悉达多》讲述了一位决心追寻人生真义的婆罗门之子悉达多的故事。此悉达多虽非彼悉达多，然则抛弃家庭、潜心苦修、历尽繁华、反本悟道的经历，莫不与佛陀释迦牟尼相类。黑塞显然有所隐喻，同时亦像他在其他作品中做的那样，将自己的情感与思想经历倾注于主人公身上，令其成为自己精神之路的代言人和象征物。黑塞中年以后倾心于印度神秘主义文化，其心得大多体现在这部小说之中。然而细细研读这部小说，我们会发现，在小说的后半段，黑塞实际上已经否定了印度式的冥思苦修。悉达多的最终命运是跟随引导者、摆渡人华素德伐，跟他一起以摆渡为生，笑看川上流水。与其说这是佛教的最高奥义，毋宁说更像是中国式的实践理性——不再追问来世，不再探究缘由，一切都着眼于当下。

悉达多出身婆罗门贵族家庭，为了追求自我，他与好友戈文达辞别家庭，加入了一群苦行沙门的行列。然而在修行了一段时间之后，悉达多仍不能满意。他向戈文达说明了自己离开这种苦行生活的理由："万法的本质里，具有某种不可称为学识的东西。朋友，世间只有一种学识——那就是神我——它无所不在：在我里面，也在你里面，在一切造物里面。而我开始相信，这种学识的最大敌人，莫过于知识分子；达到它的最大障碍，莫过于知解学问。"①这种典型的"反智"倾向，提出了对理性和知识的尖锐怀疑，其根源在于黑塞接受印度文化的动机——在大的历史环境方面，第一次世界大战刚刚结束，弥漫欧洲的是伤感和迷惘情绪；在个人经历方面，黑塞经历丧父、离婚，而给他最沉重打击的，是他在第一次世界大战中的坚定反战态度遭到全国"上下一致的声讨和谴责"。此事给黑塞的打击和震撼之大，以致到了动摇世界观的地步。原本就孤独和叛逆的黑塞更加感觉到无法融入社会，无法与主流声音合拍。更重要的是，这让黑塞更加感觉到理性的遥远和不可靠。在这种心境下，黑塞开启了他的"向内之路"，转向东方，钟情于印度神秘主义。看似"反智"，其实是"超智"——超越理性的束缚，直指本心。

小说中悉达多自述求道的种种经历：

① ［德］赫尔曼·黑塞．流浪者之歌［M］．徐进夫，译．上海：上海三联书店，2013：62.

> 我曾聚过不少钱财，我曾耗掉大把金钱，我曾学习过品尝美味，我曾学过刺激我的感官。我得像那样花费多年的时光，才能丢开我的机智，才能放开思索的能力，才能忘掉万法归一的观念。我要经过那样迂缓而又曲折的歧途，才能从一个成人变成一个童子，才能由一个思想家化成一个平凡人……可是，这曾是一条多么奇怪的路啊！我得经历那么多的蠢事，那么多的邪恶，那么多的谬误，那么多的憎恶、幻灭，以及痛苦，这才能够复归童真而开始更生。①

"从一个成人变成一个童子"，令人不由得联想起《道德经》中的"婴孩"意象。《道德经》第十章："载营魄抱一，能无离乎？专气致柔，能婴儿乎？……"而"由一个思想家化成一个平凡人"，更与老子"绝圣弃智""和光同尘"思想一致。可见，黑塞在描述印度佛教形象的同时，也不自觉地种下了认知中国文化的因缘。

黑塞从印度神秘主义哲学中得到的最大收获，就是对自我的心平气和的否定。早在《悉达多》之前，为了摆脱精神危机，黑塞在《荒原狼》中就求助于"魔术"、性爱和自杀。现实中的黑塞则转头向东，去古印度和中国寻找精神慰藉。《悉达多》的主人公则历经苦修、学法、享乐等种种挣扎，最终"他觉得他似乎已以一种没有价值，没有意义的方式虚度了他的生命；他没有留下来一样重要的东西，没有留下任何宝贵或有价值的东西。他孤零零地站在那里，就如一个沉了船的水手站在汪洋大海的边缘上面一般"。②在这种即将溺亡于绝望之中——小说还真的安排了一场溺亡的场景来模拟悉达多的绝望之情——关键时刻，悉达多来到了修道的第四个阶段，即跟随华素德伐在河上充当摆渡人的日子。河流是充满象征意义的事物，川流不息，永不停止，它存在于这一处，同时又存在于那一处。

① ［德］赫尔曼·黑塞．流浪者之歌［M］．徐进夫，译．上海：上海三联书店，2013：165-166.

② ［德］赫尔曼·黑塞．流浪者之歌［M］．徐进夫，译．上海：上海三联书店，2013：148.

“这条河在同一个时间遍存于每一个地方——同时在源头，在河门，在瀑布，在渡头，在中流，同时在海洋，在山岳，无所不在，并且，不仅如此，现在的一切——既不是过去的影子，也不是未来的阴影——亦只有为它而存在。”①恰如《论语》所言：“子在川上曰，逝者如斯夫！”悉达多领悟到所有一切的烦恼，都只是与时间相关之物。一个人一旦征服了时间，也就是征服世间一切的困难和邪恶了。他对自己说，“悉达多前生前世的生活也不在过去，而他的死亡乃至复归于梵，也不在未来。没有过去，没有未来，一切皆真，只有现在”。② 放弃对彼岸的追求，活在当下，这难道不是中国传统文化的一大特征么？“不知生焉知死”，着眼于现世的“逍遥游”，恰是中国文化之根本底色。从这里，我们几乎可以说，悉达多所达到的悟道的最高境界，既是佛教的精妙教义，亦是借由印度佛教这一桥梁窥探中国文化的初步尝试——其最终成果，在《玻璃球游戏》中展现无遗。

4. “老年长老”与“善下之”

> 信言不美，美言不信。善者不辩，辩者不善。知者不博，博者不知。圣人不积，既以为人已愈有，既以与人已愈多。天之道，利而不害，圣人之道，为而不争。
>
> ——《道德经》第八十一章

黑塞小说的最高成就是他最后一部著作《玻璃球游戏》。它无论在结构上还是思想上都达到了黑塞小说艺术的顶峰。从发展脉络来看，它与前面提到的《东方之旅》有颇多相似之处。人们可以把《东方之旅》

① ［德］赫尔曼·黑塞．流浪者之歌［M］．徐进夫，译．上海：上海三联书店，2013：182.

② ［德］赫尔曼·黑塞．流浪者之歌［M］．徐进夫，译．上海：上海三联书店，2013：183.

当做一部独立的作品来阅读，但是人们唯有在把它作为《玻璃球游戏》的雏形、先驱、前奏来看待的时候，才能够真正读懂这部作品。……黑塞自已在一封信里提及《玻璃球游戏》时说得很明白："正在写一部老年著作，它的序曲便是1931年的《东方之旅》。"①反过来也说得通，只有把握了从《东方之旅》就已经冒头的思维模式，才能真正读懂《玻璃球游戏》。

小说的主人公约瑟夫·克乃西特曾经向一位被称作"老年长老"（有译作"道长"，也有译作"大师兄"的，亦非常形象）的神秘隐士学习《易经》。这位世外高人居住在卡斯塔里学园的一所神秘的竹林精舍之中，当年"曾是远东学院中文系最有希望的学生"，后来却由于过分热衷于中国文化而被学校师生视为顽固不化的怪人。因而有一天，他终于离开了挽留他担任教职的卡斯塔里学园远东学院而外出游方，"随身只带了毛笔、砚台和两三部经书"。老年长老精通中国的毛笔书法，也懂得译释中国古典经文，甚至试图让自己在外表上也像一个中国人。他特别重视《易经》，还学会了熟练地使用《易经》中记载的传统蓍草占卜。除了《易经》，他还爱读《庄子》。可见他对中国文化中的非理性哲学——主要是道家和阴阳家的学说感兴趣。文中描述他与远东学院发生矛盾并因此离开的原因道："显然，那种理性主义的、反对神秘倾向的严格儒家精神，正如克乃西特所目睹的，早在那时就在远东学院的中文系显露端倪了。"②老年长老因为受不了这样的氛围而选择离开，而他与他的弟子克乃西特又是黑塞在小说中尤为赞赏的代为传递作者心声的主要人物，那么我们自然可以推断出黑塞对那种"理性主义的、反对神秘倾向的严格儒家精神"持何种观点了。因此从这里我们完全可以断言：黑塞对中国文化的钟爱，更多的是钟爱其中神秘主义和自由主义的成分，也就是道家思想。

① 张佩芬．黑塞研究［M］．上海：上海外语教育出版社，2006：217.

② ［德］赫尔曼·黑塞．玻璃球游戏［M］．张佩芬，译．上海：上海译文出版社，2011：102-103.

老年长老从外表到思想，都非常中国化。他所居住的处所，也是按照黑塞想象中的中国景致安排的，充满了中国隐士式的田园情趣：

约瑟夫·克乃西特一路向竹林走去……他吃惊地看到有一座中国式亭子矗立在这个奇妙的花园中央，一道由木制管道引来的山泉正潺潺流淌着，泉水先注满一条石子河床，随后流入近旁的一座石砌水塘，石块缝隙间长满了各式各样的植物，清澈晶莹的水里则有几条金鱼在悠悠地游着。在细长而坚韧的竹竿上，一簇簇绿叶轻盈地随风摇曳，草地上点缀着一座又一座石碑，碑上镌刻着字体古雅的铭文。①

与前文克乃西特学习、生活的学校中的“葡萄园”“褐色的矮墙上爬满了蜥蜴”“栗树林一片连一片”等充满西欧特色的景物相比，这里的山泉、金鱼、柱子、石碑等蕴含着典型的中国风味。约瑟夫·克乃西特在竹林中找到一座中国式的院子，并见到了一位“穿着黄褐色麻布衣服，瘦瘦的戴眼镜的男子”——看过黑塞肖像的人都知道，这就是作者本人的自画像。黑塞对中国文化的喜爱，使得他把自己的形象套用到了小说中最有中国韵味的人物身上。

除了“老年长老”，克乃西特在学校中的导师也颇具东方意味。他被称为“音乐大师”，且由于性格沉稳、不好辩论，善于以暗示和引导的办法指点学生，因此得了一个外号“善下之”。这个名字中的中国味道——准确地说是道家风范——自然不待多言。

当然，作为黑塞小说的代表性人物，除了“大师兄”和“善下之”，主人公克乃西特本人也颇具东方智者风范。他的命运甚至与《东方之旅》中的里欧相仿：明明登上了最高管理者的地位，却非常渴望放弃地位和权力，想回到平凡的生活中去。

---

① ［德］赫尔曼·黑塞．玻璃球游戏［M］．张佩芬，译．上海：上海译文出版社，2011：103.

总结以上几位智者形象，我们可以看出，黑塞笔下的智者形象，无不以非理性的悲观主义哲学以最高境界，这与中国的道家哲学如出一辙。

二、与欧洲小说中典型智者形象的对比

以上简单总结了黑塞小说中的智者形象。倘若与欧洲文化传统中的智者形象对比，我们更能见出其中的中国品格。

1. 浮士德与靡菲斯特

德国文学的顶峰代表人物也是黑塞的前辈歌德，其代表作中的典型智者，一为浮士德，一为指点引导浮士德的魔鬼靡菲斯特。这两位的思维方式、行事风格都与东方智者大异其趣。

浮士德的特征有二：一曰苦闷，一曰进取。首先，他苦闷于常年的书斋生活，借助靡菲斯特的魔力踏入滚滚红尘，却又总是为各种境遇限制一再苦闷。其次，他由苦闷而不满、而奋起，发出由衷的慨叹：

> 我只匆匆奔走在这世上，任何欢乐都抓紧尝一尝，
> 不满意的立刻将它抛弃，抓不住的干脆将它释放。
> 我只顾追求，只顾实现，然后又渴望将人生体验，
> ……
> 他该如此踏上人生旅途；任鬼魅出没而我行我素，
> 于行进中寻找痛苦、幸福，他呀，没有一瞬感到满足！①

中国学者对“浮士德精神”的归纳总结，自从《浮士德》译介入中国后就络绎不绝。中国思想界保守派代表人物、学贯中西的辜鸿铭，甚至曾在该书尚未翻译之前，就直接通过阅读原著，对歌德“自强不息”的精神

① ［德］约翰·沃尔夫冈·冯·歌德．浮士德［M］．杨武能，译．合肥：安徽文艺出版社，1998：663.

有所评价，并与中国传统儒家的“仁”联系起来互作比较。① 20 世纪 20 年代，张闻天也曾作文高度赞扬浮士德精神，并将其归纳为“活动主义”，意即其求知不止、自强不息的精神。然而有意思的是，与辜鸿铭不同，与此后其他中国学者的阐释也不同，张闻天是将浮士德精神放在中国国民劣根性的对立面上来谈的。他赞扬浮士德，目的很明确，就是要以革命的精神唤醒苟且偷安的国民。在之后民族救亡的时代背景下，“‘自强不息’一语更直接地出现在郭沫若的《浮士德》译本里：‘凡是自强不息者，到头我辈均能救。’而在同一时期，冯至也用《易经》里的‘天行健，君子以自强不息’来概括浮士德的一生”。②

作为中国文化思想界的保守派代表性人物，辜鸿铭是向孔孟之道里去寻浮士德精神的中国参照物；而郭沫若和冯至，以及之前的张闻天，则更多的是着眼民族救亡和新民主主义革命的现实，寄“浮士德精神”以“自强不息”的内涵，将其转化为一种革命激情的象征、一种中华民族传统美德和固有文化心理的时代表达。而由于革命的胜利和政权的巩固，这样一种带有时代特色的阐释便自然而然地成为“官方解释”，以至于在相当长的一段时期内，我国学界对“浮士德精神”的解读仍不脱“自强不息”的窠臼。

改革开放以来，尤其是比较文学的方法在中国兴起以来，对于“浮士德精神”的阐释又有了新的发展，其中最主要的是将浮士德与屈原形象进行比较。如有学者认为，屈原和浮士德虽然风马牛不相及，但他们都以毕生精力探索人生真谛，追求崇高的理想，“是两个孜孜不倦地探求真理的不朽形象”。③ 认为屈原与浮士德的共同点都在于“上下求索 ”和“自强不息”，在于悲剧性的命运。

---

① 杨武能．歌德与中国［M］．北京：生活·读书·新知三联书店，1991：94-96.

② 杨武能．何只“自强不息”——“浮士德精神”的反思［J］．外国文学研究，2004（1）：55.

③ 杨国学．屈原与浮士德［J］．甘肃理论学刊，1988（3）：53.

如此看来，似乎“浮士德精神”亦与中国相通了？虽然浮士德不同于黑塞小说中的智者形象那样淡泊、神秘、卑微的道家“隐士”形象，但是否就与“自强不息”“先天下之忧而忧后天下之乐而乐”的儒家知识分子如出一辙呢？儒家智者又何尝不是东方智者的代表呢？

其实不然。笔者曾在拙著《对“超人”的“圣人化”误读——浮士德精神新论》中分析过，浮士德精神并非东方儒家思想的“自强不息”，而是具有深厚欧陆哲学基础的本土精神，与东方精神有显著差异。

浮士德精神之父，是歌德的生平和思想。歌德（1749—1832）所生活的年代，从 17 世纪后期到 19 世纪初叶，正是西方资本主义上升和发展时期，而资产阶级的启蒙运动，正是为这种上升和发展在思想上做好准备。启蒙运动以及更早的文艺复兴，是作为对中世纪蒙昧专制的对立物出现的，对欧洲近代以来文化结构的形成意义深远。其提出恢复古典的爱智传统，为对抗神权而高扬人文主义的旗帜，提倡“人的觉醒”。这种觉醒，既是人的智慧的觉醒，更是人的欲望的觉醒。因此，在这种大的文化氛围下生活和思考的歌德，所关注的重大题材顺理成章地是觉醒的人性面对欲望的抉择、面对命运的悲剧。而他从青年写至老年，历经 60 年完成的《浮士德》就是对这种以“人”为关注中心的欧洲启蒙思想的总结和艺术化表达，是他个人思想观念和艺术追求的集中体现。

歌德笔下的浮士德，一次次追求，一次次以悲剧告终。但我们要注意的是，这所谓的“悲剧”，其根源不在于无法成功，恰恰相反，在魔鬼的帮助下，浮士德每次都获得了成功！他的悲剧在于，短暂的成功喜悦之后，是无法弥补的空虚感和挫折感，是怅然若失的痛苦反思。因此他始终无法说出那一句“你真美啊！请停留一下！”也就是说，悲剧的根源在于他永远无法满足的欲望。且不管这欲望是肉欲还是求知欲，是统治欲还是创造欲，总之都是人类本能的欲望。浮士德总无法停下追求的脚步，是因为他无法得到满足。每一次成功之后的失望，都成为下一次追求的动力，一直到生命终点。这一行为模式并不陌生，后起之秀美国文学的最主要的母题之一，从《了不起的盖茨比》到《飘》，就是“不满于现有的成功，在成功中寻求更大的失败”。这也是叔本华对人生的精妙概括：生命是一团欲望，欲望不能满足便痛苦，满足便无聊，人生就在痛苦和无聊之间摇摆。所谓“浮士德难题”，就是人类命运的两难。

从时代根源上讲，《浮士德》诞生于欧洲启蒙运动后期，根植于古典时代的崇尚理性、追求真理的理性主义和呼唤人性、肯定欲望的人文主义已是时代的最强音，“浮士德精神”与文艺复兴时期《巨人传》中追求幸福的“巨人精神”和勇于挑战的“堂吉诃德精神”等是一脉相承的，有着近代欧洲文化体系发展的清晰脉络。

国内不少学者在评价浮士德精神时指出它批判了中世纪基督教教义对个体感性生命欲望的扼杀，这些都是题中之义。然而浮士德精神的根本，是追求人生的无限可能性，是生命力的张扬。在这一语境下，没有任何规矩和约束，没有道德，也没有高尚与卑下之分。倘若有区分，那也是因为“高尚的东西更能满足人”而已。浮士德追求的是生命的运动。“不管安逸与苦痛，不管厌烦和成功，怎样互相循环交替，大丈夫唯有活动不息。”① 在这一点上，浮士德精神与中国传统儒家思想是大异其趣的。浮士德精神的对立面是墨守成规和压抑欲望，它体现的是西方文艺复兴以来哲学思潮和文艺创作的主线。庶几可以借用尼采“超人哲学”的术语一言以蔽之：浮士德精神，就是超人精神。

从上面的论述中，我们就可以顺理成章地发现：浮士德精神远非“自强不息”。

这一论断包含两层意思：

其一，浮士德精神有自强不息的一面，但不是主要的一面，浮士德精神不仅仅是“自强不息”，更有超出其道德规限的深意。

其二，中国文化语境下的“自强不息”，更多的是强调“自强”而非“不息”。这就包含了一种价值判断，而浮士德精神是排斥一切先验的价值

---

① ［德］沃尔夫冈·冯·歌德．浮士德［M］．杨武能，译．合肥：安徽文艺出版社，1998：66.

判断的。因此，浮士德精神恰恰反对“自强不息”。

《周易·乾》“象曰：天行健，君子以自强不息；地势坤，君子以厚德载物。”有“厚德”方能“自强”。既强调开拓进取，更强调宽厚博大的道德和既定规范。后来的《孔子家语》中也有“笃行信义，自强不息”之句。在两千多年的流传和使用中，“自强不息”已成为中国士大夫知识分子的道德标准，乃至中华民族的“传统美德”。它包括内在的修身养性和外在的格物致知，其最终目标是使人明晓事理、道德高尚、达到内圣外王的境界，总之，是使人成为“君子”。

国内学界对于浮士德精神的定义，普遍的说法是，浮士德的一生是在现实中不断追求的一生，是特定历史时期的资产阶级知识分子的艺术典型，“是人类追求意识的体现者，表现出一种向善的积极肯定的精神”。①这样的评价固然不错，然而存在的明显问题，即过于道德化，“好词”堆砌；而在某种程度上无视原著对于人性和人的命运与生俱来的悲剧性的深沉思考，也抹杀了浮士德精神的本意。把浮士德精神说成是向着一个既定的目标努力，有一个先验的目标存在——“崇高的精神境界”，为人类谋福祉的事业，或者就是“跋涉”这种孜孜以求的顽强姿态本身。无论这一先验目标为何，这种解释方式都恰恰与浮士德“追求生命无限的可能性”是背道而驰的！

有很多学者也发现了这一点，如：

> 施宾格勒在《西方的没落》一书中把浮士德式生存叫做“积极的奋斗的、征服的生存”，认为浮士德精神是不断追求，促进历史向前发展，赋予行动主体在世界和历史中以实行自我权力意志的“意志文化”，强调“浮士德精神”是一种不断追求的意志精神。从表面上看，施宾格勒的理解和上述国内学者们理解是一致的，但仔细分析，二者

---

① 聂珍钊．世界文学史（第二卷）［M］．武汉：华中科技大学出版社，2004：130-131.

是有区别的。①

夏腊初则认为，所谓“追求”是对一种生存状态的描述，施宾格勒强调的是追求的意志，而国内学者则强调的是浮士德精神的追求内容，并且把这一内容片面化、道德化、“去卑下”化，规定浮士德不断追求的目标只能是“理想的精神生活”。不仅如此，国内学者还强调“追求”这一姿态本身，即“为了追求而追求”。这与施宾格勒的提法看似大同小异，实则相去千里。

在中国传统文化语境下的“自强不息”，有一个明确的“道德天花板”，不可突破，更不可违逆。只有符合道德伦理的“不息”才是自强，否则就是自甘堕落。然而，浮士德勾引甘泪卿堕落，纵酒狂欢，追逐权力，这些行为如何算得上“自强”？绝不能因为浮士德最终的投身人类福祉事业符合了“自强”的标准，就以偏概全地说浮士德精神就等于自强不息，何况浮士德本人对这唯一符合“自强”标准的追求也不乏怀疑反思之词。

实际上，我国著名翻译家、歌德研究集大成者杨武能先生，也已经发现了这一问题。他于 2008 年发表的论文《何只“自强不息”——“浮士德精神”的反思》便指出，浮士德形象远非“自强不息”那么简单。

> 仅仅以“自强不息”解读、概括“浮士德精神”，在我国有着时代和社会的原因。……我们的前辈歌德学者，“有意无或意地”忽视了“浮士德精神”的一个重要方面，即它丰富深刻的人道主义思想。②

在杨先生这一创见的基础上，笔者个人对此的看法，更着重于中西文化之差异、传统思维方式与现代性之矛盾。所谓“自强不息”的脸谱，是浮士德形象在中国传播的特有现象，是中国近现代特有的历史文化环境造

① 夏腊初．“浮士德精神”内涵的再思考［J］．高等函授学报，2005（4）：34.

② 杨武能．何只“自强不息”——“浮士德精神”的反思［J］．外国文学研究，2004（1）：60.

成的误读。这种一厢情愿的“拔高”，有可能歪曲了名著的内涵。正如浮士德精神的要义，“追求人生的无限可能性”被降格为颇具中国特色的“追求崇高的精神境界”。

因此，浮士德的形象，虽然看似与中国的“自强不息”的儒家“圣贤”“智者”相似，实则其精神内涵截然不同，更遑论与信奉道家哲学的隐士形象作比了。浮士德形象是彻彻底底的欧洲文化土壤里生长出来的智者、追求者形象。

分析完浮士德形象，我们再简短提一下魔鬼靡菲斯特。从人物功能上讲，魔鬼靡菲斯特才是与黑塞小说中的那些隐士们相对应的“智者”，他的功能是给予小说主人公以指引，带领其探寻外部世界和精神世界的奥秘。然而他的指引方式，也明明白白的是西方式的。他从不迂回，也毫不掩饰自己的想法。他主动送上门去，教唆引诱浮士德走出书斋，“广阔天地大有作为”。当然，我们不可否认的是，在西方文化传统里，“恶魔性”是一个复杂多元的概念（a tricky and heterogeneous concept）。在最普遍的意义上，它可以被定义为非理性的神秘力量或者能量（an irrational and mysterious force or energy），从古至今的思想家、艺术家、神学家都试图去从人的内在或外部寻找对它的理解和定位，同时将其人格化为魔鬼（恶魔）的形象。在古代西方世界，恶魔被认为是一种矛盾且超越道德的作为中介存在的精神（ambivalent and amoral intermediary spirits），介于神和人类之间。在犹太-基督教传统里，它们被阐释和刻画为形而上的邪恶。在世俗的理解里，恶魔被认为是一种社会学的和心理学的结构（social or psychological constructs），对恶魔性的理解也是由文化所决定的某一固定范畴（a certain extent）。特别值得注意的是，在西方文化中，各国的魔鬼形象不尽相同，也存在着或隐晦或明显的差异。比如在英语和俄语传统里，恶魔性都被定义为一种邪恶的力量，而在德语传统里，恶魔的形象则更为复杂和矛盾，它更多地表现为歌德笔下的那种超道德的概念。歌德甚至沿着这一古老传统，将恶魔定义为一种正面的和积极的力量，它同时存在于人类和大自然的内在属性之中，当然，也并不排除具有毁灭性的潜质

(destructive potential)。①正因如此，在以歌德为标杆的德国文学语境里，魔鬼是否定的力量、怀疑的化身，他的“否定上帝”和“诱人堕落”是激发人的主观能动性、推动人孜孜追求的良好因素。这种突破，正是歌德的伟大之处，也是他所处时代的启蒙主义和人文主义的成就。无论从哪个角度来说，作为智者的魔鬼都是典型的西方形象，与上述黑塞小说中的东方智者形象大异其趣。

2.《魔山》的塞塔姆布里尼与纳夫塔

差不多与黑塞同时期的德国近现代文学大家托马斯·曼，其代表作《魔山》中也有两位针锋相对的智者：塞塔姆布里尼与纳夫塔。他们身上散发着与浮士德和靡菲斯特一样的欧洲气息，哪怕他们口中谈论的不乏来自东方的智慧，讨论的是东方文化对西方的影响，但他们的形象仍旧是彻头彻尾的西方哲学家和启蒙者。

《魔山》的故事情节比较简单：一名年轻的大学毕业生汉斯·卡斯托尔普趁暑假的空闲到位于阿尔卑斯高山上的著名疗养胜地达沃斯疗养院探望自己的表哥。原本只计划停留三个星期，结果却与死亡的气息和种种诱惑迎面相撞。女性的肉体、人文主义启蒙思想、极端宗教情怀、现代科技对生命的透视等，使得原本单纯的“正常人”汉斯·卡斯托尔普变成了一名病人、艺术家和思想爱好者，在山上一待就是七年，在疾病、爱情、哲学、宗教、自然科学等“不正常”的事物里面徘徊沉迷，并接受了两名“思想导师”的说教熏陶。直到第一次世界大战的隆隆炮声把他召唤下山，投入到残酷的战争中去。不难看出，小说文本是托马斯·曼的自我思想解析以及对20世纪初欧洲思想界众生相的细致临摹。这其中的重头戏和最终归宿，则指向基于神学和哲学的对死亡的思考。

《魔山》营造了小说的特殊环境和特殊氛围，即高山与平原的分野。

---

① Irina Kuznetsova. The Demonic and Demonized East and West in Thomas Mann's "Der Zauberberg and Dostoevsky's "Demons" [J]. The German Quarterly, 2012, 85 (3): 275.

高山与世隔绝，环境清幽，如同一个放大了的浮士德书斋，自成一体。在这里，世俗的生活理念、处世原则统统受到质疑。作者反复强调的高低之分，不能简单地看作空间位置的说明，而是带有一定的寓意：精神世界高于物质世界。作者以上帝般无所不知的口吻谈论主人公汉斯·卡斯托尔普道："他在山下时从来没有意识到这一点（指人类对自身和世界的形上思索），也许他从来也不想注意这种问题。然而在这海拔五千英尺静僻的、与世隔绝的地方俯视大地和芸芸众生，思前想后，就不免会考虑到这些问题了。"①这是一个与山下平原不一样的世界，可以将之看做作家为了展开灵性思维而刻意营造的封闭环境。在这一环境中，汉斯·卡斯托尔普遭遇到科学进步的大时代背景下基督宗教神学观念所遭遇的尴尬和挑战。一直深受叔本华和尼采哲学思想影响的托马斯·曼尽情地展开思辨，把小说的主题概括为：钟情死亡，同时又"贬低死亡的诱惑力，贬低极度的混乱对井然有序并且奉献给秩序的生活的胜利，使之下降到滑稽范畴"。② 而具体展开这些思辨的，是汉斯·卡斯托尔普的两位"精神导师"塞塔姆布里尼和纳夫塔。这两个人的思想交锋加上汉斯·卡斯托尔普本人思想变化的描写，构成了《魔山》中哲理思辨部分的主体。

意大利人文主义者塞塔姆布里尼是一个外表寒酸、举止优雅的落魄贵族似的意大利人，热情的启蒙教师。他直截了当地声称"我是一个人文主义者"，自豪地承认人文主义者都有些说教的味儿。他从一开始便牢牢地占据了启蒙教师的角色，开始了对汉斯·卡斯托尔普的谆谆教诲。仿佛慈父对孩子的教诲，又仿佛上帝对子民的训诫。托马斯·曼有意加强人文主义与神学教义的关联，将其树为启蒙者的典型。汉斯·卡斯托尔普在饭桌上对塞塔姆布里尼说："于是你来了，开亮电灯，把年轻人引到正路

① ［德］托马斯·曼．魔山（下）［M］．钱鸿嘉，译．上海：上海译文出版社，2006：413.

② ［德］托马斯·曼．魔山（下）［M］．钱鸿嘉，译．上海：上海译文出版社，2006：564.

上——你不是这样做的吗?"① ——塞塔姆布里尼曾经打开电灯，把房间照得雪亮，在年轻人面前亮相。托马斯·曼是一位善于并且喜欢运用主导动机的作家，反复提及某一情节，必定有其寓意。在西方传统的基督教文化中，光明与鸽子等物一样，象征着启蒙，象征着救恩和信仰。

> 太初有道，道与神同在。道就是神。……生命在他里头，这生命就是人的光。光照在黑暗里，黑暗却不接受光。有一个人，是从神那里差来的，名叫约翰。这人来，为要作见证，就是为光作见证，叫众人因他可以信。他不是那光，乃是要为光作见证。那光是真光，照亮一切生在世上的人。(《约翰福音》1：1-9。)

而在新柏拉图主义的创始人普罗替诺那里，世界的本原是神圣的三位一体，即太一、精神和灵魂。不过这三者不像基督教的圣灵、圣父和圣子三位一体那样三者相互平等，而是有所区别。太一是至高无上的抽象存在，类似于中国的“道”或基督教的“逻格斯”；精神次之，是太一的影子，也是太一在其自我追求之中的所见；灵魂更次之，居于人的胸中。用柏拉图善用的太阳的比方来说，太一就是太阳，精神则是太阳的光芒，照亮人的灵魂。这光芒既来自太阳，又证明着太阳的存在。“这种光亮就是至高无上者；当他像另一个神那样受到某一个人的呼吁而带着光亮来临的时候，我们就可以相信他在面前；光亮就是他来临的证据。”②光亮就是神，就是启蒙。这种光明的形象和其象征意义是非常适合塞塔姆布里尼的身份的。他以启蒙者自居，处心积虑地要照亮汉斯·卡斯托尔普的灵魂。而且他责任感极强，把汉斯·卡斯托尔普称作“生活中叫人担忧的孩子”，一心想帮他走上正途。然而这种努力在一定程度上失败了：一方面，汉斯·

---

① ［德］托马斯·曼．魔山（下）［M］．钱鸿嘉，译．上海：上海译文出版社，2006：340.

② ［英］罗素．西方哲学史（上）［M］．何兆武，李约瑟，译．北京：商务印书馆，1977：365.

卡斯托尔普经不起肉体的诱惑，爱上了有着东方人面容的肖夏夫人，这在塞塔姆布里尼看来是非常堕落的行为；另一方面，又来了一个对手纳夫塔，此人抱着与塞塔姆布里尼几乎是截然相反的观念，同他展开了对汉斯·卡斯托尔普灵魂的争夺。

纳夫塔是一名犹太裔耶稣会士，他与塞塔姆布里尼的思想主张针锋相对，互不相让。塞塔姆布里尼讽刺纳夫塔为经院哲学派首领，而纳夫塔则反唇相讥前者是共济会主席。他们的共同点在于具有强烈的说教欲和责任感，都争先恐后地争夺年轻人汉斯·卡斯托尔普的思想阵地，企图把他争取为自己的弟子。关于这一点小说中有生动描写：

> 原来他就是住在楼上的邻居塞塔姆布里尼先生，来此的目的是同这几位先生做伴。他说他从小窗口望见这对表兄弟前来造访，于是急急忙忙把手边要完成的百科全书再写好一页，这样他就可以请主人邀他一起作为座上客了。……汉斯·卡斯托尔普感到，塞塔姆布里尼先生的出现是为了不让他和约阿希姆——或者干脆是不让他——同丑陋矮小的纳夫塔单独在一起，亲自上场以后就能在教诲青年方面建立起一个均势。①

这真是让人忍俊不禁，同时又很自然地让人联想到上帝和撒旦对人类灵魂的争夺。而实际上，托马斯·曼也确实把这种思想交锋与宗教联系了起来。塞塔姆布里尼出场的一章，其章名赫然曰：魔鬼。其后在塞塔姆布里尼劝说汉斯早早下山的一章，章名则是“魔鬼提出不光彩的建议”。而纳夫塔出场的一章，章名则是“又来了一个人”。

当代最为著名的新托马斯主义者马利坦认为：“现代社会正经历着一种文化病症所带来的痛苦，其不幸可追溯到路德、笛卡儿和卢梭这三位改

---

① ［德］托马斯·曼．魔山（下）［M］．钱鸿嘉，译．上海：上海译文出版社，2006：418.

革家所引起的基督教思想界之分裂和经院哲学之解体。路德以唯信称义而使信仰摆脱理性，导致了现代社会反理性意向的主观主义之发展；而笛卡儿以其唯理主义拔高世人，造成了现代人自比天使的唯我孤傲；卢梭则以人性本善、生有美德之论来消除人心的神圣渴求，引起了一种虚幻的乐观主义之蔓延。从此，近代思想陷入主观主义和相对主义的泥潭中。"① 这实在是妙得很！这三种姿态恰恰与小说中的主人公卡斯托尔普及其两位精神导师一一对应，令人不得不佩服作者托马斯·曼对20世纪初欧洲思想界众声喧哗之脉络的精确把握。

塞塔姆布里尼所主张的是以人文主义、民主自由为核心的资产阶级价值观，他有烧炭党人的家学渊源，一心致力于社会的进步和人文主义的弘扬。他为自己的祖国在欧洲大陆率先展现了启蒙、文明和自由的旗帜而自豪，也赞扬其他国家的资产阶级革命如法国的七月革命，甚至慷慨陈词说："巴黎的三天就功绩而言，与上帝创造世界的六天足可并驾齐驱，所有的人都将充分认识这一点。"② 这样的说法在笃信基督教的汉斯·卡斯托尔普看来简直是亵渎神明，然而又心甘情愿地接受他的影响。毕竟，在汉斯·卡斯托尔普生活的年代，人文主义所倡导的民主、自由、人权、进步等都早已成为人们耳熟能详、坚信不疑的基本价值观。同时，塞塔姆布里尼的宗教身份也与之匹配。他是一名共济会会士，因此坚定地反对宗教蒙昧主义，强调启蒙、理性、教育和促进社会进步，并糅合以虔诚的宗教信仰和积极的理性精神。正是由于这样的双重性，即浓厚的宗教色彩源头和鲜明的人文主义、启蒙思想的混合，使得托马斯·曼自然而然地把塞塔姆布里尼描写为上帝和魔鬼的混合体。

塞塔姆布里尼认为："世界上有两种原则经常处于抗衡状态，这就是权力和正义，暴虐和自由，迷信和智慧，因循守旧的原则和不断变动的原

---

① 卓新平．当代西方天主教神学［M］．上海：上海三联书店，1998：38.

② ［德］托马斯·曼．魔山（上）［M］．钱鸿嘉，译．上海：上海译文出版社，2006：178.

则，也就是进步的原则。"① 他显然毫无保留地主张后者。他热爱人类，在政治上对玷污和降低人类尊严的一切观念，都采取反抗态度。在这一人物身上，我们可以明显地看出基督宗教由“神本”向“人本”的转型。

与之观点鲜明对立的纳夫塔则是一名犹太裔耶稣会士。耶稣会作为传统的天主教派别之一，由圣依拉爵·罗耀拉（St. Ignatius Loyola）创立于1534年。耶稣会的宗旨是巩固和传播天主教教义，它最大的特点是重视教育和对青年人的培养。因此，纳夫塔十分热衷于对汉斯·卡斯托尔普的谆谆教诲就不足为奇了。耶稣会属于宗教保守派别，抱有“愈显主荣”的宗旨和绝对服从教皇的信念，虽然当初设立并非为反对宗教改革，然而却在日后的发展中成为教廷的有力工具，致力于天主教复兴和反对宗教改革。耶稣会对现代社会的进步和理性嗤之以鼻，认为那是肤浅的游戏。故而汉斯·卡斯托尔普和表兄在得知纳夫塔是耶稣会员时，才会大吃一惊，表现得万分惊愕。纳夫塔怀有强烈的宗教情怀，歌颂绝对的精神，歌颂天主教，竭力反对人文主义和新教思想，认为那是泛滥的自由和愚蠢的胡闹，跟人类的利益背道而驰。他有着强烈的末世情怀，甚至是冷酷的世界观。他不像共济会会士那样悲天悯人，积极入世，而是恪守严格的宗教原则。

IrinaKuznetsova 写于2012年的《论托马斯·曼〈魔山〉和陀思妥耶夫斯基〈群魔〉中东方与西方的恶魔性和妖魔化》中就曾这样说道：曼对于作为一种致命的停滞性力量（a force of deathly stagnation）的恶魔性的建构，以及对东西方二元对立的论断，可以作两方面溯源。一方面，他对当代关于亚洲和欧洲二元对立之论争的思考，同样表现在德国和俄罗斯现代主义者的著作中，诸如弗里德里希·尼采、赫尔曼·黑塞、奥斯瓦尔德·斯宾格勒、胡戈·冯·霍夫曼斯塔、马克西姆·高尔基、德米特里·梅列日科夫斯基等；另一方面，托马斯·曼在《魔山》中表现出的关于恶魔性的观念主要源于他的美学概念和因此对陀思妥耶夫斯基的政治和哲学观念

① ［德］托马斯·曼．魔山（上）［M］．钱鸿嘉，译．上海：上海译文出版社，2006：212.

的反驳。① 总体看来，《魔山》中的两位智者，全然带着新兴资产阶级人文主义和天主教情怀的气息，彼此争论不休，令追随者无所适从，“全然不可能区别真理究竟在哪一边——不知哪里是上帝，哪里是恶魔，哪里是死亡，哪里是生命”。② 一切都是模糊的，然而这模糊与黑塞笔下的东方智者的哑谜完全不同。

三、智者形象的东方色彩

综合看来，黑塞小说中创造的智者形象，莫不指向中国传统文化的典型特征。他写于 1920 年的一部中篇小说《克林格梭尔的最后夏天》就富有鲜明的中国因素，国内翻译和研究黑塞的大家张佩芬就认为，这部小说的主人公身上有李白的影子：“读过《中国的笛子》后很长一段时期里，黑塞可算是迷上了李白，甚至直接写进了《克林格梭尔的最后夏天》，给主人公染上了浓重中国色彩。”③在写了这部小说的 30 多年后，黑塞本人在其《我喜爱的读物》一文中更明确地指出了这种“中国色彩”在他心目中的样子：“这些中国圣贤和智者，不论是壮丽的《庄子》，不论是《礼记》或者《孟轲》，他们的叙述都与西方慷慨激昂者相反，他们都惊人的简单质朴，他们接近普通人和日常生活，他们从不飞扬跋扈不可一世，他们乐意生活于一种隐姓埋名的朴素状态，他们所采用的表达方式，总是一再让人们感到既吃惊，又同时感到高兴。”④

简单地说，黑塞认为中国文化的最大特征，首先是“惊人的简单质朴”，而且中国圣贤的行为举止往往与常人无异，从不飞扬跋扈。

李泽厚在其《中国思想史论》中提出过“实践理性”的术语，或曰

① Irina Kuznetsova. The Demonic and Demonized East and West in Thomas Mann's Der Zauberberg and Dostoevsky's Demons . The German Quarterly, 2012, 85 (3): 276.

② ［德］托马斯·曼. 魔山（上）［M］. 钱鸿嘉，译. 上海：上海译文出版社，2006：565.

③ 张佩芬. 黑塞研究［M］. 上海：上海外语教育出版社，2006：337.

④ 张佩芬. 黑塞研究［M］. 上海：上海外语教育出版社，2006：336-337.

“实用理性”。他认为，希腊文明走的是抽象思辨的道路，印度文明走的是追求解脱现世痛苦的解脱之路，而中国文化表现出对现世的实用性探求。中国传统社会重视血缘关系，强调伦理实践和有自觉意识的道德行为。在中国文化中占据了思想的首要位置的是关于人际关系的部分，即伦理学和社会学，还包括政治学；中国长期农业社会和小农经济的现实也决定了思维上的经验论。有趣的是，李泽厚的判断在黑塞小说中有极其生动的文学化表达。

黑塞很小的时候就对抽象思辨的希腊文明模式表现出反思乃至厌恶。他不止一次地在小说中表达了这种观念。如《在轮下》中，主人公汉斯·吉本拉特天资聪颖，在其生活的小城镇上出类拔萃。而在当时那种环境下，有天赋的孩子除非父母富裕可以继承衣钵经商赚钱，否则只有一条路可走：“通过邦里的考试进入神学校，从那里再进入图平根神学院，毕业后不是当传教士就是当教师。”① 于是，经过了痛苦的学习和严格的考试，这个孩子终于如愿以偿地考入了墨尔布隆神学校。然而在那里他感受到的不是汲取知识的喜悦，而是僵化严酷的学习制度与热爱自由天性的矛盾，是信仰与理性的冲突。他热爱大自然，喜欢到拥有美丽景色的小河边游泳、钓鱼，然而沉重的学业压得他喘不过气来，拉丁文和数学课程就像套在他脖子上的绳索。这时他结识了性格桀骜不驯的同学海尔纳，两人结下了纯洁而深切的友谊。然而汉斯·吉本拉特是老师和家长眼中的“好孩子”，海尔纳是典型的“坏孩子”。他们的友谊必然要遭到破坏和阻止。这给汉斯早就备受摧残的心灵带来了更大的打击。最终由于违反校规和学业跟不上，海尔纳被迫退学去流浪，汉斯·吉本拉特也放弃了学业，回到家中休养，从一名被乡亲们和父母寄予厚望的“天之骄子”一下子变成了百无一用、病病恹恹的“问题少年”，成了“掉到车轮下的人”。无奈的父亲只好送他去工场做学徒工，但结果仍然不理想。在经历了情欲的挑逗、随

① ［德］赫尔曼·黑塞．在轮下［M］．张佑中，译．上海：上海译文出版社，2011：4.

即遭到失败之后，绝望且醉酒的汉斯·吉本拉特终于选择了投水自杀。在整部小说里，黑塞表现出对当时德国僵化的教育制度的深切厌恶，但这一情感并非仅仅停留在感性层次，而是深入对“抽象思辨的希腊文明模式”的批判上去。海尔纳曾经讽刺刻苦学习的汉斯道：“你就是得个第一或者第二，那又怎么样呢？我得第二十名也不见得因此就比你们这些功名心切的人笨！”①而早在黑塞的第一部小说《乡愁》中，黑塞也表达了类似的情绪：“拉丁语并不能换来故乡和青春。”②由此，黑塞所展现的逆时代潮流而动的倾向跃然纸上。当人们以积极的姿态牺牲故乡和青春以学习拉丁文、换取成功和财富的时候，当理性和启蒙成为时代主流的时候，黑塞却在歌颂非理性，歌颂故乡、青春和生命。汉斯从神学校退学以后，做了一段时间的学徒工，产业工人的训练工作虽然枯燥乏味，但他却觉得这总比枯燥的拉丁文和神学理论有趣得多。他也曾在故乡小镇的古老巷子里穿行、观察。通过他的眼睛，黑塞也表达了对世俗生活的喜爱。汉斯家附近有两条极不相同的小巷：硝皮匠巷和鹰巷。前者“是镇上最长、最宽和最体面的小街”，整洁庄严，富丽堂皇。住的都是些有身份的人。后者破旧不堪，居民都是社会最底层的劳动者，生活简陋却充满活力，“是会出现童话世界、发生一种奇迹、一桩空前恐惧事件的唯一地方”。③汉斯对后者格外着迷，对前者避之唯恐不及。自然地，他也感受到了朦胧的爱情的召唤。这一切世俗生活的气息对他都充满了吸引力。然而学业失败对他的打击实在是太大了，以至于完全没有办法恢复过来。汉斯怀抱着对平凡生活的无限向往和惆怅死去了。

对印度文明先歌颂、后反思的态度，主要表现在黑塞的小说《悉达多》之中。黑塞从印度神秘主义哲学中得到的最大收获，就是对自我的心

① ［德］赫尔曼·黑塞．在轮下［M］．张佑中，译．上海：上海译文出版社，2011：89.

② ［德］赫尔曼·黑塞．乡愁［M］．陈晓南，译．上海：上海三联书店，2013：45.

③ ［德］赫尔曼·黑塞．在轮下［M］．张佑中，译．上海：上海译文出版社，2011：147-149.

平气和的否定。早在《悉达多》之前，为了摆脱精神危机，黑塞在《荒原狼》中就求助于“魔术”、性爱和自杀。现实中的黑塞则转头向东，去古印度和中国寻找精神慰藉。《悉达多》的主人公先是通过苦修实现了“空掉一切”的目标，消除了自我的欲念。“他学到了许多消除自我的办法。他透过痛苦，透过痛苦的欣然领受和征服，透过饥渴和疲劳，循着自我否定的道路前进。”①然而到头来他发现这并非根本的解救之道，因为否定自身的欲念，只能获得暂时的平静。“那是逃避自我，只是暂时避开一下自我的折磨而已，只不过是暂时缓和一下人生的痛苦和愚妄罢了。”② 于是他开始追求知识，听大觉世尊说法。虽然大觉世尊“不惮其烦地耐心讲述，用了通常所用的举例和复述的教学方法”，③ 悉达多却无法释怀心中的疑惑。他向世尊质疑：“您是以您自己的努力，以您自己的办法，利用思维，运用禅定，透过知识，经由觉悟达到这个目的。您没有从言教上学到任何东西，因此，世尊，我认为没有人可以从言教上得到解脱。”④换言之，就如轮扁斫轮一样，世尊自己的觉醒悟道，无法以语言的形式传授给他人。别人从世尊的说法中获得的真知，并非真正的真理。

在近代以来的批判大潮中，中国传统文化向来被冠以“不讲逻辑”的刻板印象。然而黑塞却反其道而行之，认为中国文化的特征和优长之处，正在于其非理性主义的哲学特征。这一点从其主张的倾向性来看，似乎与中国本土的带有民族主义色彩的文化价值判断相一致，但在其认识根源和认识水平上却大异其趣。

淡泊冲和是中国传统文化的特征，更准确地说，是中国道家文化的传

---

① ［德］赫尔曼·黑塞．流浪者之歌［M］．徐进夫，译．上海：上海三联书店，2013：58.

② ［德］赫尔曼·黑塞．流浪者之歌［M］．徐进夫，译．上海：上海三联书店，2013：60.

③ ［德］赫尔曼·黑塞．流浪者之歌［M］．徐进夫，译．上海：上海三联书店，2013：81.

④ ［德］赫尔曼·黑塞．流浪者之歌［M］．徐进夫，译．上海：上海三联书店，2013：84.

统。相比较而言，儒家传统较为积极进取。中国传统文化虽以和谐中庸为最高鹄的，但其间仍有不同思想派别的区别，这是事物不可忽视的另一方面。梁启超曾在其《中国古代思潮》一文里，对于中国的南方与北方的思想的差异，曾举出11点。他以为北派宗实际，主力行，贵人事，明政法，重阶级，重经验，喜保守，主勉强，畏苍天，言排外，贵自强；而南派宗虚想，主无为，贵出世，明哲理，重平等，重创造，喜破坏，明自然，任苍天，言无我，贵谦弱。他以为这些差异，根本是由于中国的南北的气候的不同而来。而陈序经等人持有不同看法，他们更倾向于认为这是春秋战国时代“南北思想上的差异，老子的思想之于孔子的思想的不同”，①亦即儒家传统与道家传统的差异。

在西方近代以来的“中国热”里，相比较而言，道家思想更受欢迎。当然，儒家思想在不少西方学者那里也得到了颇高赞誉，但对其的批评仿佛也更多一些。比如德国主流的理性主义哲学就对儒家思想大加鞭挞，黑格尔尤其对其鄙夷不已，1916年马克斯·韦伯《儒教与道教》的发表可以看作这一批评思潮的理论阐释。韦伯认为：儒教的本质仅仅是一种让人适应世界及人造秩序的俗人伦理，它“归根结底不过是一部对受过教育的世俗人的政治准则与社会礼仪规则的大法典”。②正是作为这种文化的对应物，韦伯才提出了他著名的“新教伦理与资本主义精神”这一概念。

第二节　母亲形象

黑塞小说中第二类与东方、中国形象密切相关的，是奇特的母亲形象。与前面分析的智者形象不同，黑塞小说中的母亲形象与中国传统文化中的母亲形象并无太多相似之处。但是，不相似并不等于没有关联。

---

①　陈序经．文化学概观［M］．长沙：岳麓书社，2010：198.

②　［德］马克斯·韦伯．儒教与道教［M］．王容芬，译．北京：商务印书馆，2003：203.

在黑塞小说里，母亲形象总是起着象征性的指代作用，而其所指，恰恰就是东方文化——更精确地说，是黑塞心目中的东方文化。东方既是生命的起源——因为太阳从东方升起，而且欧洲文化的源头来自东方（两河流域以及希伯来）；又是死亡的象征——与蓬勃发展的近代欧洲相比，东方保守、封闭、停滞、濒临死亡；更是神秘的象征。东方文化所具有的这些特征，黑塞都用母亲形象来代言。从黑塞的第一部小说《乡愁》开始，奇特的母亲形象就在其文学创作中如影随形，一直延续到他生命的晚期，在其最后的著作《玻璃球游戏》中，主人公还是作为孤儿出现——母亲永远是缺席的。美国匹兹堡大学的学者 Klaus W. Jonas 在评价 Mark Boulby 写于 1967 年的《赫尔曼・黑塞：他的思想和艺术》的书评中认为：Mark Boulby 断定黑塞的小说比其诗歌"更具有本质性的和持久的成就（essential and lasting achievement）"，并认为"黑塞小说中展示出一种更复杂和更有连贯性的结构模式，而且只有当其早期作品被充分研究的情况下，对其作品的象征性结构的探究才可能取得令人满意的结果（There is in Hesse's work a more complex and a more coherent set of structural patterns that has yet been shown, and that a satisfactory insight into these symbolic structures is possible only if the early writings are taken fully into account）。"①换言之，只有在研究了《卡门青德》（即《乡愁》）、《在轮下》等早期作品后，才有可能对黑塞后期的杰作《德米安》《悉达多》《荒原狼》《纳尔齐斯与歌尔德蒙》《玻璃球游戏》等作全面深入的阐释。这一论断，在我们研究黑塞小说的母亲形象的过程中，应该说具有其深刻的逻辑性。

另外，我们必须明确的一点是，黑塞小说中的母亲形象之所以说与东方相关，完全不是由于其与东方传统的母亲形象类似，而是出于黑塞本人的德国浪漫主义式的象征手法。

---

① Klaus W. Jonas. Book Review on Hermann Hesse. His Mind and Art [J]. The Modern Language Journal, 1969, 53 (2): 129.

一、与死亡关联的母亲形象

在黑塞的第一部小说《乡愁》中就出现了诡异的母亲形象，之所以说诡异，是因为主人公卡门青德居然眼睁睁地看着自己的母亲在睡梦中死去。卡门青德在外求学多年，学成后返回故乡，打算与父母团聚一段时间后再外出寻觅工作。一个盛夏的早晨，卡门青德穿过父母的卧室到厨房去喝水，发现本已患病的母亲情况异样，“仿佛显得很不安似的，不时抽动眼皮，发出嘶哑的呻吟声，脸色惨白”。卡门青德就那样跪在卧榻旁，注视着自己母亲离开人世的全过程。

> 我就那样跪了将近两个钟头，定定注视母亲的去世。母亲终于庄严、沉静、勇敢地接受了死亡。她让我看到死的方法的最好楷模。……我集中思维，带着死者的灵魂越过村落、小湖和雪峰，飞进清澈寒冷广袤无垠的晨空中，我几乎感觉不出痛苦和悲伤。在这里，……目睹一个大谜团逐渐得到解释，一种人生之轮在微微战栗的同时逐渐关闭，在惊叹之余，也令我深怀畏惧之念。①

在城市里奋斗和流浪的时候，卡门青德又梦见了母亲，这次他们的对话中的隐喻象征更明显了。

> 我问道：“妈妈您不是死了吗？”
>
> 母亲随即小声答道：“妈怎么会死呢！如果我不在的话，你和你父亲岂不要变成无家可归的流浪汉啦！”②

母亲的形象再次出现，且更加明显地与死亡和流浪形象联系起来。

---

① ［德］赫尔曼·黑塞．乡愁［J］．陈晓南，译．上海：上海三联书店，2013：64.

② ［德］赫尔曼·黑塞．乡愁［M］．陈晓南，译．上海：上海三联书店，2013：92.

而且，“死去的母亲”在黑塞的其他小说中也多次提及，如《知识与爱情》（亦即《纳尔齐斯与歌尔德蒙》）。在这部小说里，出现了两位极富象征意义的主人公：那齐士与戈特孟。那齐士代表了知识、理性、精神等具有“西方特质”的东西，而戈特孟则恰恰相反，代表了朦胧、感性、肉体、艺术、死亡等“东方因素”。那齐士是沉默与瘦长的，戈特孟是明朗与健壮的；那齐士是思想家与分析家，戈特孟则是梦想家，有着天真的灵魂。

甫一出场，戈特孟便明言：“我没有兄弟，母亲也不在了，我只有父亲。”这与前面《乡愁》中卡门青德的命运是一模一样的。戈特孟与那齐士在交往的过程中，也曾多次涉及母亲形象。如那齐士评价某次在精神上受到震撼的戈特孟：

> 他已经忘记了自己的童年时代，忘记了母亲……我常说他仍是活在梦中，并非真正地清醒着，不过这次我确信他是醒了。①

“死去的母亲”的形象，只要我们稍微结合黑塞的生平和思想特色，就可以肯定，这一形象象征着黑塞对欧洲文明的看法：古老的文化源头已经模糊不清，自从进入近代，在理性启蒙之后，人类进入新的纪元，科技进步，社会飞速发展，人们像忘记了母亲的青年一样大踏步前进，同时也忘记了自己的身份和来源。这导致了信仰危机和对世界末日的恐惧。对母亲的一再怀念表达了黑塞对欧洲的担忧和对未来的看法：只有回到源头、回到东方才是唯一正途。卡门青德冷静得可怕的旁观态度，也正是黑塞那一代乃至几代欧洲知识分子冷眼旁观欧洲命运之态度的写照。

这样的观点在黑塞另一部小说《彷徨少年时》中表述得更加明显，只是在那里没有使用“死去的母亲”这一说法。

母亲是生命之源，母亲死去就意味着无法找到自己的出身之所。然

① ［德］赫尔曼·黑塞．知识与爱情［M］．宣诚，译．上海：上海三联书店，2013：81.

而，母亲也代表着死亡。从这种思想出发，黑塞发出了对死亡的礼赞："死，沉静、庄严地在母亲的脸庞爬动，也给予母亲神圣庄肃的气质。死神摆出严峻的表情，但他又像是带着误入歧途的浪子重返家门的父亲一样，温柔慈蔼，令人有安全感而足以仰仗。……死，有如我们亲切而聪明的兄长。死，知道应该来访的确切时间，我们只须完全信赖他，等待他的光临即可。同时，我也逐渐了解痛苦、幻灭、忧郁等虽使我们不愉快，然而并不是为剥夺我们的价值和尊严而来，而是为使我们更趋成熟，给予我们带来光明而存在的东西。"①正如他在《彷徨少年时》中借马克斯之口说的："不先经过死亡，没有任何东西能够诞生。"死亡是为了重生，同时死亡也是对理性的嘲弄。

> 长久所遗忘的母亲影像又浮现了，这是无上的幸福。可是她那诱惑的呼声要把他带到哪儿去呢？是带到不知名的地方去，带到陷阱里、困苦中，也许是死亡里去……母亲不仅有一切优点，也不仅有碧绿可爱的双眼，而且洋溢出吉祥的微笑，爱抚似的安慰；她全身无处不美，其中却也暗藏一切的可怕与黑暗，一切的贪婪，种种的不安、罪恶悲惨以及不可避免的死亡命运。②

黑塞借小说主人公之口，评价生命："它们是由母亲而来的，也一起归向她。那些秘密是隐在母亲眼中黑亮的瞳孔里面的，是一道小而可怕的深渊。"③

这样的表述方式，不由得令人拿它与圣经《旧约》作比：

---

① ［德］赫尔曼·黑塞．乡愁［M］．陈晓南，译．上海：上海三联书店，2013：121.

② ［德］赫尔曼·黑塞．知识与爱情［M］．宣诚，译．上海：上海三联书店，2013：90.

③ ［德］赫尔曼·黑塞．知识与爱情［M］．宣诚，译．上海：上海三联书店，2013：91.

> 你是尘土，你终将归于尘土。(《创世记》)

母亲象征着生命本源，同时兼具黑暗、神秘、阴性乃至死亡的特质。而且，黑塞还更为艺术化地表现了母亲作为生命的起源和非理性的黑暗的代表，他用“鱼”这一形象来代替生命和神秘：

> 他往往梦到鱼向他游来，冷冰冰、光溜溜地游到他身上，它们是黑色与银白色的，好像是天使从完美的境地里带来安慰他的幸福之音；然后鱼儿们又摇摇尾巴，把新的秘密从他身上带回去一隐而没。①

“黑色与银白色的”鱼，令人作“阴阳鱼”的联想。在中国传统文化《易经》等典籍中，“鱼”有时是女性、阴性的象征之物。而在西方文化里，夏娃是人类之母的象征。戈特孟献身艺术后，“要透过母亲的形象里雕出同时包容有吉卜赛女郎李瑟、骑士女儿丽娣雅，以及另外几个女人面孔的特征的面容”,②也是出于这个缘故。

以上引文，均显示出母亲意象与神秘的东方之联系。母亲在黑塞小说中不是温暖的怀抱，不是永恒的生命，而是神秘的、阴柔的、艺术的、本能的、东方特质的，甚至死亡的。

二、恋母情结中的母亲形象

在黑塞另一部小说《彷徨少年时》中，母亲意象更为奇特，不仅带有东方、艺术与黑暗的特质，还带有暧昧的性爱意味。

《彷徨少年时》因其主人公之名而又名《德米安》，出版于1919年第一次世界大战结束之际。这是黑塞早期作品的最后一部，亦可说是他中晚

① ［德］赫尔曼·黑塞．知识与爱情［M］．宣诚，译．上海：上海三联书店，2013：91.

② ［德］赫尔曼·黑塞．知识与爱情［M］．宣诚，译．上海：上海三联书店，2013：199.

期作品的开山之作。正像但丁的《神曲》既是中世纪的最后一部巨著，也是文艺复兴的第一部作品一样，《彷徨少年时》不仅兼具了黑塞创作前后两个阶段的风格和特点，可以看作是黑塞从“愤怒少年”到“向内之路”的转型之作；也可以看作是“一部克服欧洲旧秩序、透视新价值体系出现的作品”。这部小说与《乡愁》《生命之歌》《在轮下》《漂泊的灵魂》等早期作品类似，着重描写的是主人公的成长历程；但在描写手法上，已经很明显地带有了其中后期作品的“向内转”趋势。大量的内心独白和象征手法，给作品增添了奇异的神秘主义色彩。这与早期的清新自然是很不同的。

在兼具前后两个阶段特征的同时，这部作品还是黑塞所有小说中比较奇特的一部，具有其独一无二的特征。小说中充满了欲望、性、梦幻、救赎、绝望……后几种意象是黑塞作品所共有的，但前两者尤其是性的主题在黑塞小说中并不常见。小说中充满关于性的隐喻。母亲形象在黑塞小说中常常出现，但在其他作品中都不与性关联。而这部小说主人公德米安有明显的恋母情结，他爱上了朋友马克斯的母亲艾娃夫人。“在主人公辛克莱年轻的困惑中，‘引导人’一个接一个现身出来——引诱他进入恶世界的克罗默、救助者马克斯、清纯的少女贝雅特丽齐、解说阿卜拉克萨斯及其秘密仪式的皮斯托里乌斯，以及正如其名字所显示的集女性原型、母性与性爱于一身予以表现出来的艾娃。每一个都担负着寓意……”①艾娃，通常译作伊娃、爱娃，亦即伊甸园亚当之配偶夏娃。母亲形象在黑塞小说中非常明显，但在其他作品中都不与性关联。而这部小说主人公有明显的恋母情结，或许是当时黑塞正在接受弗罗伊德弟子荣格的心理治疗并研究了弗洛伊德学说的缘故。不管怎么说，这部作品中的母亲形象，同样指向东方。

除此之外，小说中还有弑父、同性恋等隐喻。而其背后忽隐忽现的荣

① ［德］赫尔曼·黑塞．彷徨少年时［M］．苏念秋，译．上海：上海三联书店，2013：（译序）9.

格、尼采、灵知神话、苏格拉底、歌德等的思想和概念也为数众多。所有这一切，赋予了这部小说独特的魅力，并开启了黑塞“向内之路”的基本方向：非理性的神秘主义。

德米安在彷徨之中爱上了一个理想化的少女形象。并把她比作贝雅特丽齐——但丁《神曲》的女主人公，也是但丁毕生爱慕的女子，象征着光明和圣洁。他努力想在内心建筑起一个“光明的世界”，以摆脱童年遭遇坏孩子敲诈欺负带来的心理阴影。而且他对自己强调：“在这一次‘光明的世界’中，不再是逃避，不再是重回到母亲的怀抱，回到没有责任的安全中去，它是一个全新的任务，是为我自己发明出来的任务，也是我自己愿意履行的任务，其中有责任和自我克制。”①

辛克莱后来画了一幅梦中情人贝雅特丽齐的油画，画中人兼具男女两性的面部特征，而且既像马克斯·德米安，又像辛克莱本人。黑塞用一种近乎梦呓般的语言来描述这幅画：“我常常把我所记得的马克斯的真正容貌来同这幅画像比较。虽然它们有相似的地方，但是它们却绝不是一样的。尽管如此，它还是马克斯。……我觉察到这个画像既不是贝雅特丽齐，也不是马克斯，而是我自己。并不是画上的人像我，我不觉得它应该像我；而是那画像决定了我的生命的主宰，它是我内在的自我，是我的命运，或者是我的魔鬼。如果我再找到一个朋友，这个朋友看起来就会是像这样的。如果我要去找一个女人而我爱上了她，那么她看起来就会像是这样的。我的生命和死亡也会是这样的，我的命运的调子和韵律都是这样的。”②

辛克莱常常做充满性幻想的梦，梦中充满了恋母情结。“在我所有的梦之中，那黑暗的爱情梦是最珍贵的。我经常梦到我经由那个盾形徽章下面走进我们家的大门，想要把我母亲拉来抱在怀里，结果抱住的是那个巨

① ［德］赫尔曼·黑塞．彷徨少年时［M］．苏念秋，译．上海：上海三联书店，2013：131-132.

② ［德］赫尔曼·黑塞．彷徨少年时［M］．苏念秋，译．上海：上海三联书店，2013：136-137.

大的、半男性半母性的女人，我对她很害怕，但是她又强烈地吸引着我。”同时在白天他也沉浸在梦幻之中，“我问画像，我责备它，向它求爱，向它祈求；我称呼它为母亲，称呼它为妓女和母狗，称呼它为我最心爱的人儿，称呼它为阿卜拉克萨斯”。① 在他的幻想里，幻想对象总是高大、强壮，却又兼具女性的温柔和母爱；它是阳刚的，同时又是阴柔的。而且这种两性的幻想还建立在二元对立的神秘主义宗教思想之上，即古老拜火教的教义：将原本截然对立的黑暗与光明、善与恶合而为一。

> 在屋子里母亲朝我走过来，可是当我要拥抱她的时候，她就不是她了，而是一个以前我从来没有看见过的形体，很高大、很强壮，像是马克斯·德米安和我画的那张画像；但是不相同，因为虽然它很强大有力，样子和味道却完全是女性的。这个形体把我吸引过去，把我抱在怀里，那是一个深长的战栗的拥抱，我感到心醉神迷，也感到恐惧。这次拥抱一开始就是一个包含了罪恶的神圣的崇拜行动。我有太多由我母亲而产生的联想和由我的那位朋友而产生的联想混杂在拥抱着我的这个形体之中。这个形体的拥抱打破了我所有的敬畏的观念，可是它却给了我极端的幸福。……欢欣与恐惧，男人与女人，混杂在一起了，最神圣的东西与最可怕的东西交织在一起了，深深的罪恶在最优美的纯净之中闪过：这就是我的爱情梦境中的意象的样子，也是阿卜拉克萨斯的容貌。爱情已经不是最初我碰到就害怕的那种黑暗的兽欲主义的冲动了，也不再是我曾经奉献给贝雅特丽齐那种虔诚的崇拜了。两样它都是，但是比这两样要多得多了。它是天使与撒旦，男人与女人在一个肉体中的意象，是人与兽，最高的善良与最坏的邪恶在一个肉体中的意象。②

① ［德］赫尔曼·黑塞．彷徨少年时［M］．苏念秋，译．上海：上海三联书店，2013：181.

② ［德］赫尔曼·黑塞．彷徨少年时［M］．苏念秋，译．上海：上海三联书店，2013：150-151.

在结识了马克斯的母亲艾娃夫人后，辛克莱的性倒错心理发展到了极致。他发现艾娃夫人正符合他心目中理想伴侣的形象。“那竟然是我梦中的意象！那正是她，高高的，差不多像个男人似的，像她的儿子，有母亲的特性，严厉、容忍，漂亮而迷人，漂亮而难以接近，是魔鬼，也是母亲；是命运，也是心爱的人。没有错，正是她！”① 从艾娃夫人的名字（Eve，意即《圣经》传说中人类始祖亚当的配偶夏娃）我们就能咂摸出，她既是辛克莱的性爱对象，其实也是其世界观的基础——原始、黑暗、神秘的阴性意象，与阳性的现代社会截然相反。辛克莱由此进入对原始的混沌之神秘的追求。“我常常看到我梦境中的那个可爱的幻影，它比实际的生活还更清楚，比我自己的手更明晰，我同它说话，在它面前哭，咒骂它。我称它为母亲，我流着眼泪跪在它前面。我称它为我最心爱的人，并且有一个预感——感到它成熟的满足的亲吻。我称它为魔鬼、妓女，我称它为吸血鬼、杀人的凶手。它把我引诱到最温柔的爱情梦境里去，把我引诱到破坏性的无耻中去。就它来说，没有事情是太好的和太珍贵的，没有事情是太坏的、太卑下的。”②

三、母亲形象的东方意味

与《知识与爱情》的主人公戈特孟一样，母亲早早去世，给主人公以非常大的影响。母亲去世，或许象征着黑塞对欧洲文明的看法：源头已经模糊不清，人们像忘记了母亲的青年一样大踏步前进，同时也忘记了自己的身份和来源。对母亲的一再怀念表达了黑塞对欧洲的担忧和对未来的看法：回到源头，回到东方。

德国当代女作家卡林·斯特洛克的成名作长篇小说《班级之爱》在20世纪七八十年代颇有影响，与黑塞在世纪初所写涉及学校教育问题的《在

① ［德］赫尔曼·黑塞．彷徨少年时［M］．苏念秋，译．上海：上海三联书店，2013：153.

② ［德］赫尔曼·黑塞．彷徨少年时［M］．苏念秋，译．上海：上海三联书店，2013：153.

轮下》有异曲同工之处，引起的轰动效应也颇相似。她在 1977 年的《歌尔德蒙走向慈母之路》评论文章中详细分析过黑塞小说中母亲形象与死亡意象的关联。按照她的说法，小说《纳尔齐斯与歌尔德蒙》（即《知识与爱情》）的主人公歌尔德蒙早年流浪放纵，沉溺于爱情和其他感官享受，晚年终于领悟到艺术的巨大魅力，并以完成不朽圣母像修成正果，而圣母正是“慈母”的象征。斯特洛克以类似的思路分析了《卡门青德》（即《乡愁》）中卡门青德所面对的死亡意象：“小说《卡门青德》里描写母亲之死部分给我的印象最深刻，‘于是我看见她平放在被单上的双手，安静得像一对入睡的孪生兄弟。从这双手我看出母亲正在临终，因为它们罕见地疲弱无力和毫无意志，好似她已经不是活人。’‘我就这么跪了将近两个钟点，目睹母亲接受死亡。’‘在她咽气那一刻，她的目光业已黯淡，我生平第一次吻到母亲冰冷、枯萎的嘴唇。一阵突然袭来的恐怖感像一股陌生的寒气流过我全身，我在床边坐下，感觉巨大的泪珠一滴紧跟一滴缓慢而迟疑地落下脸颊、下颚和双手。’这一场景对我有点像乌托邦幻景，而我恰恰因为这一场景而爱《卡门青德》，尽管与黑塞其他长、短篇小说相比较，这篇作品显得比较单薄。……就连这本书也不仅是一部发展小说，而且是一部描写一个人成为作家的精神过程。这一过程中的关键经历是卡门青德和垂死母亲共度的时光。和歌尔德蒙一样，卡门青德也是作者刻意塑造的客观世界的经历着、观察者和研究者。对死亡的真实感知是他走向世界的一把钥匙。这一主题在《纳尔齐斯与歌尔德蒙》中有更进一步较为饱满、较为成熟的描述：死亡和母亲是感知真实世界的钥匙，是爱的钥匙；死亡是母亲，同时母亲是死亡。黑塞和母亲形象的惊人强烈关系使我大感震惊。我们必须否定一般的女性观点，因为黑塞笔下的父亲代表精神原则，而母亲代表感觉原则。这一点常常使我十分激动……母亲：这个名词对于黑塞所具有的意义远远不同于普通的真实母亲；母亲在黑塞眼中是一个神话，一种超越凡人的理想图像。对母亲的渴望，对母亲的寻求是一种对于感官生活的探索。小说又同时展现了分歧和裂缝：来回摇摆于‘母亲’和‘父亲’，摇摆于崇敬理性原则或者感官原则之间。”①

在这里，斯特洛克已经分析得再清楚不过了。“死亡和母亲是感知真实世界的钥匙，是爱的钥匙；死亡是母亲，同时母亲是死亡。”这是欧洲文明一以贯之的认识人生的进路：要想认识人生的真实面目，必须首先了解死亡。在这一点上，欧洲与中国恰恰相反。中国传统文化讲究的是“不知生焉知死”，讲究的是将死亡排除在社会秩序与思维疆域之外。

另外，“母亲”与“父亲”的两分也是欧洲文化的特点。母亲代表着原始的、感官的、非理性的原则，代表着与酒神精神类似的“倒向黑暗”的倾向。父亲则象征着理性原则，象征着坚定有力的日神精神。黑塞既然要批判19世纪和20世纪的“欧洲病”，要痛心疾首于欧洲的衰败与没落，则必然推崇母亲形象。在这一点上，黑塞的理性判断与审美情趣契合无间。而由母亲出发，赞美死亡意象，也是题中之义。

当然，黑塞归根结底还是德国作家，而且是德国浪漫主义的坚定继承者。作为“德国浪漫主义最后一名骑士”，他对身处其中的德国和远在万里之外的中国的态度摇摆而暧昧。在姿态上，他毫无保留地倒向东方；然而在指归上，他的根永远在德国本土。这使得黑塞与众不同的是他对莫扎特、歌德以及中国哲人的热爱，而使他成为世纪之子的是他对尼采和弗洛伊德的痴迷。黑塞的世界是德国和欧洲的风格的，尤其是在与他同时代的德国文学巨人托马斯·曼作对比的时候，更是显得如此。当托马斯·曼几乎毫无保留地在精神、主题和艺术手法上走向国际化的时候，黑塞依然保持着欧洲性。当然，正如上面所述，他无条件地热爱东方，表现得极其国际化，但他在本质上是欧洲的。他是欧洲精神的“老看门狗”（an old watch-dog），顽固地守卫着欧洲文艺复兴以来高举的人文主义精神，去对抗亚洲的堕落和美国式的机械主义。②前者正表现为黑塞对其作品中母亲形象所代表的死亡和非理性主义构成的“堕落”的复杂态度，后者则表现为

① 张佩芬．黑塞研究［M］．上海：上海外语教育出版社，2006：195-196.

② Claude Hill. Hermann Hesse and Germany［J］. The German Quarterly，1948，21(1)：14.

在《欧洲人》中表达出的嘲讽姿态。

第三节　同性友爱意象

黑塞小说中颇为引人注目的一种结构，就是二元对立的人物形象。这一结构几乎贯穿黑塞从青年到老年所有的作品。无论是《乡愁》里的卡门青德和理查、《彷徨少年时》中的德米安和马克斯、《知识与爱情》中的戈特孟与那齐士，还是《玻璃球游戏》中的克乃西特和普林尼奥，无不如是。各部作品中的二位主人公地位、关系、性格虽各有不同，但有一点是一以贯之的：这一对人物形象互为补充，既对立，又协调统一。

不难看出，二元对立的人物形象其实是东方与西方的人格化象征。或曰理性与感性、科学与艺术、生命与死亡……总之，任何二律背反之两极对立的象征。

在这样的背景认知下，这些二元对立的人物形象之间的关系，尤为重要且富有深刻的象征意义。

一、黑塞早期小说中的同性友爱

如果我们审视黑塞早期小说中的这些二元对立的人物形象，即便不那么细致入微，也能发现，几乎所有的黑塞小说中二元对立的主人公——通常为男性——之间，存在着明显的同性友爱关系。不过，这一时期作品中的同性友爱，其内涵比较单纯，往往只是青年男子之间由于性格互补、相互欣赏而导致的亲昵举动。

1.《乡愁》的卡门青德与理查

在《乡愁》中，“音乐家理查虽然还没有采取纯粹的形式，但卡蒙晋德（即卡门青德另一译法）的对比者是支撑黑赛作品的两极原理的一极，两个人的友情关系，是在他的作品中反复出现的男人之间的友情模式的先驱”。①译者在这里提到了两个重点：第一，两极化原则。第二，精神之爱和同性之爱。实在是慧眼独具。

小说这样描写主人公卡门青德童年时期对同性的爱慕：

> 有一个茶褐色头发，非常踏实的少年，他比我高两班，名叫卡斯巴·何利。举止端重沉着，很有男性威严，平常很少跟同学交谈，有好几个月，我对他投以无比崇敬的眼光，在镇上一看到他，便随后亦步亦趋地跟踪，冀望能引起他的留意。跟他招呼寒暄的大人，无端地令我感到嫉妒，连他出入的家，也撩起我的妒意。②

同性之仰慕溢于言表。而且，如果我们结合黑塞以后的作品来研究，一定会发现这样一种事实：在二元对立的人物形象中，黑塞较为钟情的一方，或者说带有更浓的自传色彩、代表了现实中的黑塞的一方，是较为阴柔、怯懦和内向的一方，也是社会化程度和理性程度更高的一方。而另一极的人物，则是黑塞心目中的理想化人物，同时也是现实中的他无法做到的那一类人：高大、强壮、自然，充满贝多芬式的激情，往往游走于邪恶和迷狂的边缘，孤僻、热爱流浪，甚至具有典型的反社会人格——以“荒原狼”为典型。作者将其本人的复杂心理分门别类，分别投射到两个或几个典型人物身上；将内心的冲突外象化、拟人化，以求得戏剧冲突和思想均衡。

卡门青德成年后的同性朋友理查，就是如此。行事大胆而热烈，甚至到了“当着满堂宾客，跳起来抱着我接吻，两个人像疯狂一般绕着桌

① ［德］赫尔曼·黑塞．乡愁［M］．陈晓南，译．上海：上海三联书店，2013：（译序）12.

② ［德］赫尔曼·黑塞．乡愁［M］．陈晓南，译．上海：上海三联书店，2013：49.

子舞个不停”的地步。①卡门青德也表现出如同恋人一般的心意：“我全心全意、彻头彻尾爱着理查，再没和其他朋友另结金兰的事。”② 这不由得让人怀疑，这种同性青年男子之间的暧昧友情，是纯粹的精神之爱，还是兼具同性恋意味？这与日后黑塞的“向内之路”又有何关联？值得深究。

另外值得一提的是，与卡门青德和理查的同性友情形成鲜明对比的，是他在异性恋情上的笨拙和不顺。从高等学校毕业的卡门青德挥别故乡和老父，“跳出故乡沉郁而干燥无味的空气”，开始投入外部的未知世界。他将其形容为“在森林尽头的花丛中，疲于奔命地往来于奋斗和爱欲之间”。爱情与对生活的激情，也是《乡愁》中浓墨重彩的组成部分。但是卡门青德对女性的爱始终停留在童稚时期，把异性当做一种精神之美的化身，而非现实中有血有肉的恋爱对象。他自我剖析道：

> 谈到爱情——我在这方面似乎一辈子都像个少年。不论何时，我对女性的爱总是伴随着净化作用的思慕之情，是从我淤塞的内心，猛然燃烧出的红色火焰；是向着青空伸出的祈祷之手。……我对女性，对这我无法理解既美又像谜一般的动物，始终保持敬意。因她们美质出自天生，又能保持着内在的调和，所占地位比男性优越。她们像星星，像在遥远的高山顶峰，可望而不可即，大概只有神才能接近。使我不禁也把她们视为神圣。③

他把自己对女性的沉迷比作“我的心有如沉浸在黑色的暖流中。向微

① ［德］赫尔曼·黑塞．乡愁［M］．陈晓南，译．上海：上海三联书店，2013：77.

② ［德］赫尔曼·黑塞．乡愁［M］．陈晓南，译．上海：上海三联书店，2013：79.

③ ［德］赫尔曼·黑塞．乡愁［M］．陈晓南，译．上海：上海三联书店，2013：55.

暖的深渊滑落”。但越是把女性视作神圣，他越是无法获得爱情。他笨拙、拘谨，由于看不到希望而对爱情抱着悲观看法。在整部小说里，主人公的恋爱都是失败的，仿佛主人公对女性有天生的排斥和畏惧。

这里面的缘由，大概有一部分是因为女性象征着世俗的稳定家庭生活，而主人公渴望孤独和流浪，女性所代表的社会角色、社会结构与卡门青德——其实也就是黑塞本人——的世界观不符。所以黑塞在现实中无法满足于宁静富足的乡村家庭生活，最终与第一任妻子仳离。在小说中，卡门青德也哀叹道：“所谓爱情并不能使我们幸福，我认为那只是在考验我们对痛苦的忍受可臻于何种程度的东西。”以至于到了最后，卡门青德对异性的看法近乎偏执而扭曲：“我一向对女人总怀着不信任的念头。我常怀疑，女人似乎有一种残酷的心里，以作弄钟爱自己的男人陷入绝望的痛苦而引为快乐。”①这种对女性的怀疑、畏惧、隔膜态度，恰恰象征了黑塞这样沉湎于个人世界的艺术家对社会的无力感。黑塞的爱情经历既与尼采、康德（终身未婚）等哲学家相似，亦与其他许多作家相似。

在黑塞的另一部小说《生命之歌》中，主人公亦是爱情的失败者。但是他对女性的态度稍有变化，从既渴望又畏惧变成了既同情又略带轻视和鄙夷。

> 我看到这些充满热情的人就像被风暴吹袭一般，踉踉跄跄，东飘西荡。男的今天为欲望，明天为倦怠所苦，一觉得心情不畅，就残忍地绝交，不相信任何爱情，任何爱情也不能使他感到喜悦。女的则被侮辱、殴打，最后被一脚踢开，但还是死心塌地地依附着男人，忍受嫉妒与被遗弃的爱情。那天我哭了，已经有许久我不曾这样哭过。……那些人仿佛生活在另一个世界上，而自己既不知道生活，虽

① ［德］赫尔曼·黑塞．乡愁［M］．陈晓南，译．上海：上海三联书店，2013：161.

然憧憬爱情，却又害怕爱情，也为了这样的自己，静静地流着眼泪哭泣着。①

这仿佛是以尼采的“超人”视角来对世俗大众进行评判。主人公孤寂、自卑而又自大高傲，渴望爱情和女性，却又不敢去追逐，害怕失败和世俗的一切麻烦痛苦。作为这一性格的外部表征，黑塞把主人公设置为一个自卑的跛子，而且是由于愚蠢的爱情受伤变跛的。

只要我们看看黑塞景仰的那些“怪人”：叔本华、尼采、康德，就不难猜出黑塞对待异性和爱情的态度了。他继承了德国哲人一贯的“异性恐惧症”，对女性心怀恐惧，对爱情极度渴望而又不得其门而入。在这方面，歌德是个例外。作为“自然之子”，歌德一生风流倜傥，艳遇不断。黑塞也非常仰慕歌德，《荒原狼》的男主人公热爱歌德甚至到了不能容忍一塑不符合他心目中伟人形象的歌德雕像的地步。可是在如何对付异性这一点上，黑塞没有从歌德那里学到一点儿东西——起码，作为黑塞自画像的卡门青德表现如此。

2. 《在轮下》的汉斯与海尔纳

在黑塞另一部小说《在轮下》中，同性友爱仍然出现。主人公汉斯在神学校读书的时候认识了性格与自己互补的同学海尔纳，不仅发现“他的朋友对一切事物的看法都与他不同”，而且两人之间也有近乎暧昧的同性关系。仅列举以下两段便足够：

海尔纳慢慢伸出手臂，抓住汉斯的肩膀，把他拉到自己跟前，直到脸贴近脸。于是汉斯十分吃惊地突然发觉对方嘴唇接触到自己

① ［德］赫尔曼·黑塞．生命之歌［M］．吴忆帆，译．上海：上海三联书店，2013：103-104.

的嘴。①

几个星期之久的分离使他们两人都改变了，汉斯变得更温柔、更热烈、更痴情了，海尔纳则增添了充满活力的男性气质。……两个早熟的少年在他们的友情之中不知不觉地、羞怯地提前体味到了一种初恋时的柔情奥秘。②

文中性的意味十分浓厚。观念迥异、性格互补的两个人发展出了同性感情。当然，由于这部小说的题材，主要是抨击当时德国僵化保守的教育制度，而非过多深入地探究成年主人公——汉斯后来被迫退学，尚未成年便自杀——的内心世界，因此，对这种同性友爱也只是一笔带过，并未多写。

二、作为东西方文化象征的同性友爱

在黑塞中后期的作品中，同性友爱的象征作用进一步深化。从这一时期开始，同性友爱关系就不再仅仅是性格互补的两位美少年的惺惺相惜，也不再是对女性的恐惧和厌恶所导致的“不正常的情感”，而是升华为对东西方文化的象征。

1.《彷徨少年时》的辛克莱与马克斯

与《在轮下》的只言片语相比，《彷徨少年时》中的同性友爱便复杂得多、丰富得多。主人公辛克莱与马克斯的同性友爱关系，达到了惊世骇俗的地步。辛克莱甚至经由马克斯的形象而爱上了其母亲艾娃夫人。这在上一小节分析“母亲形象”时已经述及。

辛克莱恰如黑塞之前作品的主人公一样，敏感、内向、精致、纤细。

① ［德］赫尔曼·黑塞．在轮下［M］．张佑中，译．上海：上海译文出版社，2011：85.

② ［德］赫尔曼·黑塞．在轮下［M］．张佑中，译．上海：上海译文出版社，2011：107-108.

同样地，辛克莱也有一个作为“二元对立”的另一极的朋友：马克斯·德米安。辛克莱如同《在轮下》中的小汉斯一样是个学习勤奋的“好孩子”，也在经历着内心的迷惘和不足为外人道的痛苦。他遭到了“坏孩子”克罗默的威胁和勒索，生活仿佛一夜之间从天堂堕入地狱。是马克斯·德米安走进了他的生活，并轻而易举地帮助他摆脱了克罗默的纠缠。令人感到惊讶的是，辛克莱对克罗默、对马克斯都有着某种暧昧的、性倒错式的情愫。这种满怀着性爱意味的精神依恋，在黑塞之前的小说中虽然并不罕见，在黑塞之后的收山之作《玻璃球游戏》中也能隐约看到，但总归是朦胧的、和谐的、侧重于精神层面的同性之爱。即便在《乡愁》中卡门青德也曾与理查当众毫无顾忌地亲起嘴来，《在轮下》中汉斯也曾与海尔纳接吻，但都是友谊的意味大于爱情的意味，属于精神上的共鸣导致的不可遏制的亲近感。而且对于当时欧洲的风气来讲，这种礼节性的亲昵无伤大雅，算不上多么骇人听闻。但在《彷徨少年时》这里，这种性爱的倒错和畸形程度有点出乎读者意料了。

小学生辛克莱由于偶然的失误，被“坏孩子”克罗默抓住了把柄。克罗默借此威胁他，要他从家里偷钱给他，还不时以语言和行动上的暴力来侮辱、折磨辛克莱。这种在成年人看来近乎可笑的困境，对辛克莱来说却是地狱般的绝望。在孤立无援的情况下，辛克莱放弃了抵抗，以一种驯服的受害者姿态倒向了克罗默，承认了他的绝对统治的地位。这是一种典型的听天由命的心态：“虽然我是困在悲惨的处境中，但是对种种发生过的事情我并不后悔，至少不是在那段时期中一直在后悔；有时候我甚至会觉得一切事情都不得不像已经发生了的这个样子来发生。我是在命运的手中，要想逃避命运，是徒劳无功的。”①而在马克斯·德米安将辛克莱“拯救”出来之后，辛克莱便将这一带有性爱意味的支配地位从克罗默转移到了马克斯身上，并进而“爱”上了他。

① ［德］赫尔曼·黑塞．彷徨少年时［M］．苏念秋，译．上海：上海三联书店，2013：70.

> 我与克罗默之间的事仍然是在不可避免的途径上进行着。……他总是在我的梦里出现。在那些梦中，我完全成了他的奴隶。……一再梦到的噩梦是：克罗默总是虐待我，把口水吐到我身上，跪在我身上用膝盖压我；更糟糕的是，他领着我去做一些顶可怕的事，有时候倒不是他领着我去，而是完全用说服的力量逼迫我自动地去犯那些可怕的罪。那些噩梦之中最可怕的一个是我们去谋杀我的父亲。……说也奇怪，当马克斯又同我碰面的时候，也是在梦中。那时候我还是一直在梦到我在受折磨。不过这一次跪在我身上用膝盖压我的人却是马克斯。……原来当克罗默是我的折磨者的时候，这样的事情他折磨我，我总是加以抵抗，而且感到痛苦；现在落到了马克斯的手里，由他来折磨我，样样事情我都是很愉快地承受下来，承受的心情是一种混合的感觉，里面包含的狂喜的兴奋同畏惧一样多。①

这是典型的“斯德哥尔摩综合征”，也充满了性的暗喻和梦的解析。我们可以明显地看出，这种错综复杂的情绪涉及同性恋、弑父、虐恋。在现实中，黑塞对弗洛伊德的理论很熟悉。或许小说的这一情节，正是黑塞自觉运用弗洛伊德学说的结果。

辛克莱爱上的马克斯，是一个高大、健壮、具有成年人气质的少年。辛克莱喜欢闻他颈背上散发出来的新鲜肥皂的香味。正像黑塞在其他作品中所做的一样，马克斯也是辛克莱的既对立又互补的二元形象之一端，具有非常浓厚的象征意味。马克斯足够勇敢，帮助辛克莱赶走了克罗默。而另一方面，他的容貌也具有某些女性的气质，是个男女界限模糊的“双性人”。辛克莱做了被马克斯“欺负、施加暴行的梦”，感受到快乐与不安交织的沉重感情，这是对“双性人”马克斯的爱的证明。后来出现的清纯少女贝雅特丽齐，在梦中拥抱辛克莱的半魔鬼半撒旦，半男半女、半人半兽

① ［德］赫尔曼·黑塞．彷徨少年时［M］．苏念秋，译．上海：上海三联书店，2013：68-70.

的恋人，以及这个恋人具体出现在现实中的艾娃夫人，全都只不过是马克斯的一部分罢了。也就是说，马克斯是将折磨人类的各种分裂再度统合于一身的神话式造物主。①

2.《知识与爱情》的那齐士与戈特孟

《知识与爱情》中依然存在彼此爱慕的二元对立形象。且其内涵和象征意义更加丰富。小说中无可置疑的两位主人公，自然是代表知识的“那齐士”和代表爱情的“戈特孟”。浮士德曾高喊道：“两个灵魂蕴藏在我的心中。”这两个灵魂就是人类最基本的欲求——知与爱。“那齐士与戈特孟”即以清新、精彩与动人之情爱，描述知与爱互相抗争、互相吸引的过程。……那齐士如修道院长一般，是奉献于神的学者，生活于知识中的人物。反之，戈特孟则是流浪之后以雕刻家终其余生，是个奉献于美的艺术家，生活于爱的人物。②然而“那齐士”（Narziss）的原意为恋慕自己美貌的美少年，堕水溺亡后化身为水仙花，与知识、理性等意象相去甚远；“戈特孟”（Goldmund）直译为“金口”，反倒有满腹经纶、舌灿莲花的理性之感。这样的一种姓名与个性的错位，值得注意，或许是黑塞有意为之。

黑塞作品中常常出现的性爱意象在这里也不会缺席。那齐士与戈特孟初次见面时候的情景是这样的：

> 戈特孟坐下了，觉得老师这样年轻，比自己只大几岁，实在出乎意料，而更诧异的是他开始喜欢上这位年轻的老师了。这位年轻的老师是这样漂亮，这样高贵，这样认真，他是多么可爱而吸引人呀！……这位年轻的老师，严肃得像一位学者，高贵得像王子，他的

---

① ［德］赫尔曼·黑塞．彷徨少年时［M］．苏念秋，译．上海：上海三联书店，2013：（译序）10-11.

② ［德］赫尔曼·黑塞．知识与爱情［M］．宣诚，译．上海：上海三联书店，2013：（前言）7.

> 声音是多么镇定、冷静、自然与威严啊！他虽然一时不懂得他在说些什么，却仍然凝神地谛听，觉得的确是遇到了一位可敬爱的好人，而他也准备去爱他，要同他结为朋友了。他总是不断地注视这位年轻老师，喜欢他坚实而苗条的身材，寒光闪闪的眼睛，发音清晰、正确的嘴唇，滔滔不绝而动听的声音。①

两人的感情十分热烈，以至于有些同学怀疑起“两人的爱乃是败德的”。但是在戈特孟身上，“正常的”异性恋爱还是占据了主流。戈特孟当初受同学之邀在夜间溜出修道院去村里玩乐，就爱上了村里的女孩。在与农妇李瑟接触后，戈特孟更是仿佛发现了生命的奥秘一般，决定离开修道院去流浪——这一姿态，与浮士德离开书斋去外部世界冒险非常相似。他自称这一举动是“通到生命的道路，是具有生命意义的路”。

戈特孟与那齐士二人，一个放纵自己的情欲，一个禁绝爱情。那齐士曾经对戈特孟说过几句话语，具有非常浓厚的隐喻意味：

> 你睡在你母亲的怀里，我醒在荒野里。你的梦中人是少女，我的梦中人是少男。②

然而别忘了，在上一节我们曾经提过，戈特孟的生世是“母亲早就死去了”。他不可能睡在母亲的怀里。这里的母亲、少男、少女的意象，明显是具有象征意味的东西方隐喻。美国的黑塞研究专家 Klaus W. Jonas 在关于《赫尔曼·黑塞：他的思想和艺术》一书的书评中这样写道：“黑塞作品的真正优点和它留存下来的价值乃是其可观的艺术成就，这种成就是将个人冲突普遍化——通过反讽的技术、大量比被普遍认为的程度更微妙

① ［德］赫尔曼·黑塞．知识与爱情［M］．宣诚，译．上海：上海三联书店，2013：40.

② ［德］赫尔曼·黑塞．知识与爱情［M］．宣诚，译．上海：上海三联书店，2013：113.

的暗喻（a good deal subtler than has generally been appreciated），一种特殊的探寻自我审视的成长（the growth of an exceptionally searching self-insight）被赋予了想象力十足的形式。"①我们需要注意“比被普遍认为的程度更微妙的暗喻”这一说法，如果再将“少男”“少女”与中国传统文化的《周易》哲学中“少阳”“少阴”联系起来——这一联系绝非毫无道理，在后面的章节里，我们将会阐述到，在黑塞生命的最后一部小说《玻璃球游戏》中，黑塞对《周易》的熟稔程度达到了令人惊讶的地步——这样的暗喻简直令人拍案叫绝、浮想联翩。东方世界沉睡在悠长的历史和循环往复的时间观里，梦中情人乃是作为男性主人公“正常恋爱对象”的少女——所谓“正常”，即世俗、自然、繁衍、发展，即前文所言的“他必兴旺”的一方；相形之下，西方世界则“醒在荒野里”，理性主义的成功，在建立起明亮的科学和技术大厦的同时，也将信仰的神殿摧枯拉朽般拆毁。他的梦中人是“少男”——无法繁衍后代的同性恋情。

3.《荒原狼》中的赫尔米娜与玛利亚

《荒原狼》大概是唯一一部出现了女同性恋人物的黑塞作品。书中出现了一个名为赫尔米娜——这是黑塞的名字“赫尔曼”的女性姓氏拼法——的神秘女子，她勇敢、聪慧，引导着主人公哈里去追寻“改变现实的魔术”。赫尔米娜给哈里·哈勒尔介绍女朋友玛利亚，同时又与玛利亚有着暧昧的同性关系。而且哈里也与她们关系暧昧。“我再次和玛丽亚相会时，我听说，她像喜欢我一样喜欢赫尔米娜，她像吻我的四肢、头发、皮肤那样吻过、尝过、试过她的四肢、头发和皮肤。我觉得这真是奇特神秘。"② 对性爱的矛盾态度一直贯穿于黑塞一生的创作。

赫尔米娜评价哈里说：“生活越是把你幻想，越是使你回复自己的本

---

① Klaus W. Jonas. Book Review on Hermann Hesse. His Mind and Art [J]. The Modern Language Journal, 1969, 53 (2): 129.

② ［德］赫尔曼·黑塞．荒原狼［M］．赵荣登，倪诚恩，译．上海：上海译文出版社，2011：151.

性，你的困苦就越大，你就越来越深地陷入痛苦、不安和绝望之中，一直陷到你的脖子。你以往认识、热爱和崇敬的一切美好神圣的东西，你以往对人类、对我们的命运的信仰都于你务必，这一切都失去了任何价值，成了一堆废物。你的信仰没有空气可以呼吸。”①这是指哈里从有明确信仰到失去信仰、陷入痛苦的过程。从虚构的理性的王国里走入琐碎的真实世界，使浮士德式的主人公感到手足无措，失去信心。《悉达多》的主人公也遭遇了这样的心路历程，而悉达多解决的办法是悟透了佛教的教义。因此，这里的“荒原狼”也就具有了“在途中”的悉达多的影子。

由上我们可以看出，二元对立的同性友爱形象，在黑塞小说中是一种持续的旋律。在这种形象的背后，可以说是黑塞对自我和东西方文化形象的暗喻：西方是强大的、进取的、主动的客体；而自我——亦即小说中的第一主人公——往往是阴柔的、被动的、具有东方气质的俊美男孩。

三、同性友爱与东西文化比较

倘若我们稍加联想的话，就不难想到，在近代以来的许多西方文学作品中，有东方女性爱上西方男子的情节，或曰“套话”。其中的权力隐喻不言自明，即折射出柔弱落后的东方对西方迷恋、崇拜、依附的心理。

然而在黑塞这里，女性象征的东方地位既十分尴尬，又极端神秘。一方面，正如上一节所展现的，母亲这一最典型、最原始的女性形象，要么缺失，要么带着死亡和性爱的迷狂气息。而在本节，女性形象更是作为同性友爱关系中的“第三者”和破坏者存在。看上去，女性仿佛是一直为黑塞所抵触的。然而，黑塞对女性所象征的东方、死亡、肉体、非理性……表达了至高无上的敬畏和爱慕。黑塞小说中的主人公，往往经历了脱离母体（离开女性）→寻找母亲（回归女性）的情节设置。在同性友爱的关系之中，则具体表现为：两位男性主人公往往既相互吸引又针锋相对。而情

① ［德］赫尔曼·黑塞．荒原狼［M］．赵荣登，倪诚恩，译．上海：上海译文出版社，2011：154-155.

节越往后发展，处于柔弱的、女性地位的一方就越强大，其命运越来越被证明是更有生机的一方。而且这一角色也总是整部小说的真正主人公。比如《彷徨少年时》中的辛克莱、《知识与爱情》中的那齐士、《玻璃球游戏》中的克乃西特。他们之于德米安、戈特孟和普林尼奥，都是更为女性化、非理性的一方。简而言之，他们在二元对立的人物结构中，象征着东方！对他们的终极赞美和认可，反映出黑塞本人对东方文化的根本态度。这不能不说是黑塞“逆历史潮流而动”的个人“套话”的又一明证。

而且，黑塞的好友、寥寥可数的几位先行者和“欧洲的良心”，曾在两次世界大战期间并肩反抗全社会一致的狂热和政治投机的思想家、文学家们，往往在其作品中对同样的人物结构表现出与黑塞相似的处理方式。

比如在托马斯·曼的《魔山》中，主人公汉斯爱上的女子就是一个具有东方鞑靼人外貌特征的女子——肖夏夫人。与那些老套的情节不同，在这里是汉斯爱上了肖夏，而不是肖夏爱上了汉斯。肖夏夫人像一位从21世纪的《欲望都市》美剧里走出来的纽约时尚女性一般独立、神秘、性感，玩弄单纯的汉斯于股掌。与之相对应的是，《魔山》中的两位精神导师，塞塔姆布里尼是西方人文主义精神的代言人，纳夫塔则明显带有东方正教的神秘和偏执。二人也曾就东西方文化差异发生过激烈的论战。

当我们反观黑塞，会发现，他远比托马斯·曼走得更远，他倒向东方的姿态更决绝、更彻底。如在《彷徨少年时》里，与西方文化相对应的人物形象是德米安·马克斯。他的特点是自信、超然、雄辩、勇敢，是黑塞想象出的那个跟自己真实性格相对应的理想型人物。“他的态度太自信了，自信得令人看了会生气；他的眼睛有种大人的神情，这一点，小孩子们是一点也不喜欢的；他的眼神里又蕴含了一点淡淡的忧郁，又散发着讽刺的光芒。……他自成一格，是个完完全全清醒的人。”而小说的真正主人公辛克莱，则是内向、胆怯、孩子一般，属于被支配的地位。他靠着马克斯的拯救而逃出了困境，但短暂的轻松之后却遭遇到了更大的困惑。他发现自己以前依赖父母，现在开始依赖马克斯了，他感到畏惧和手足无措——“到今天我才了解，在这世界上，再也没有比去走一条别人已为你铺好的路更乏味的事了。”①这很可能是青少年时期黑塞的自我心灵写照。同时，这也是一种普遍的人类精神现象——总是将自己托付给别人，依赖外在客体。

《知识与爱情》中的那齐士与戈特孟，同样可比附为东西方文化的差异。如小说谈到的学者与艺术家的区别，就可看做是西方与东方的区别。“他们的路已经分开了。站在戈特孟面前的人不是梦想家，也不是期待命运呼声的人，这个那齐士的确是个有固定秩序与义务的人，是教团、教会与精神的仆人，也是战士。但戈特孟现在明白了，自己不属于这类人，他没有故乡，有一个不知名的世界在等着他。”②那齐士是欧洲精神的代表，戈特孟则企图在母亲、黑暗、原始的东方文化中寻找生命本源。

那齐士审视自己的修道院生活：“从修道院、理智与道德的观点来看，他本身的生活是明明白白的，这种生活与方式是正是正当的、固定的、有秩序与标准的，是秩序与严格服务的生活，是长期的牺牲：永远朝向明晰与正义而努力的生活，比起一个艺术家、流浪者与好色之徒的生活是要纯洁与好得多的。但是从上面，从神的立场来看，真正模范生活的秩序与纪律，需要放弃世俗的声色之欲、疏远丑恶与流血，而皈依哲学与虔诚，这样会比戈特孟的生活更好吗？难道人真要过这种规律的生活，遵照时间、任务与祈祷的钟声来行事吗？人真要研究亚里士多德与圣托马斯，会希腊文，抹杀感官而逃避世俗吗？他的感官与冲动、犯罪、寻欢与绝望的能力，不都是神所赋予的吗？……回忆从青春时代以来教导他朋友的各种情景。他的朋友都曾感激地接受，始终认为他是优越与具有指导能力的。然而他的朋友却在百般静寂中，从鞭挞般的生活风暴与痛苦中跳出而诞生了他的作品；这不是话语，不是教训，也不是说明与警告，而是真正高尚生

① ［德］赫尔曼·黑塞．彷徨少年时［M］．苏念秋，译．上海：上海三联书店，2013：85-86，86.

② ［德］赫尔曼·黑塞．知识与爱情［M］．宣诚，译．上海：上海三联书店，2013：99-100.

活。相反的，他的知识，修道院的纪律与辩证法，相形之下是多么的贫弱啊！”①这是多么形象的东西文化对比之隐喻！又与《浮士德》之《书斋》多么有异曲同工之妙！西方近代以来的理性飞跃获得了现实成功，面对东方的时候是多么“那齐士式”的优越感十足！然而东方的沉默与非理性并非完全的愚昧。

① ［德］赫尔曼·黑塞．知识与爱情［M］．宣诚，译．上海：上海三联书店，2013：329-330.

第三章　“逆向套话”：黑塞中国形象的认知模式

黑塞小说中的“套话”是非常有价值的研究对象。首先，黑塞本人的生平和性格决定了他是一个“六经注我”式的作家，就像他的同胞托马斯·曼一样，善于从外界汲取各种养料来培育自己的理想之花。这就决定了他的作品中充斥着大量个人化的意象，亦即他对客观事物的判断倾向于某种主观性的“套话”。席勒曾评价合唱队在古希腊悲剧中的作用道：“合唱是悲剧在自己周围筑起来的一道活的墙，用它来隔断与现实世界的接触，保持自己理想的领域和诗的自由。”①换言之，合唱构成了一种氛围，使作为艺术形式的悲剧与现实世界分隔开来。同样地，黑塞的“套话”也在他的小说里起着同样的作用。这为我们的研究提供了最基础的可能性。其次，黑塞对东方文化尤其是中国传统文化的热爱贯穿其一生，在其创作中也表现得十分充分且典型。这为我们的研究提供了足够的素材。再次，也是最重要的一点，黑塞小说中关于中国形象的“套话”，可以说是一种非常奇特的“逆向套话”。他关注的是中国文化的美好的神秘，而非像同时代的欧洲作家那样多持质疑贬斥态度。这恰恰是我们研究的价值所在。

以下总结出了黑塞“逆向套话”的三种模式，每一种模式庶几可与第二章中列举的一类典型形象堪堪对应。具体是：隐蔽性智慧——智者形象的根源；无言的指头——母亲形象的根源；“友好的对立”——同性友爱

---

① ［德］席勒．席勒散文选［M］．张玉能，译．广州：百花文艺出版社，1997：359.

的根源。

在总结了三种模式之后，本章将进一步对黑塞“逆向套话”的成因做形象学的外部研究，即结合文本，对黑塞本人生平和思想形成的过程进行梳理和评价。最后，结合现实，总结黑塞“逆向套话”的认识论价值。

第一节　黑塞的“套话模式”

一、隐蔽性智慧

1931年，黑塞在提到《克林格梭尔的最后夏天》改名为《向内之路》时说：“古老中国富于青春气息的思想概念，让我把孔夫子和苏格拉底视为兄弟，而老子及其具有神秘动力学色彩的隐蔽性智慧更为我经常研习使用。”①所谓“隐蔽性智慧”，大致有两层含义：第一，与数理逻辑相对立的实践理性；第二，淡泊冲和的道家智慧。

1. 实践理性

前章在论述“智者形象的东方形象”时曾经提及，黑塞认为中国文化的最大特征，首先是“惊人的简单质朴”，而且中国圣贤的行为举止往往与常人无异，从不飞扬跋扈。这一方面是中国文化的中庸特征的体现，另一方面也是上文所言李泽厚之“实践理性”的明证。

与之相应的一个反例就是赫尔曼·黑塞小说《悉达多》中对印度冥思的修行方式的反思。《悉达多》是“黑塞思想发展最重要的一步的标志，也是德国文学中非常独特的展现东方哲学的作品”。②这部小说在很大程度上是自传性质的（autobiographical），伟大的文学作品总是植根于作者本人

① 张佩芬．黑塞研究［M］．上海：上海外语教育出版社，2006：96.

② Johannes Malthaner. Hermann Hesse. Siddhartha ［J］. The German Quarterly, 1952, 25（2）：103-104（Herman Hesse's novel Siddhartha is just such a work of literature, and it is of special interest to the student of literature, and of Hesse in particular, because it marks an important step in the development of Hesse and is unique in German literature in its presentation of Eastern philosophy）.

的生活，《悉达多》尤其如此。因此，黑塞在这部小说里的反思，可以在很大程度上可以佐证黑塞晚年最终从欧罗巴式的逻辑理性转向了中国式的实践理性。

悉达多曾说：“学识的最大敌人，莫过于知识分子；达到它的最大障碍，莫过于知解学问。”（见第二章引文）这种典型的“反智”倾向，提出了对理性和知识的尖锐怀疑。看似“反智”，其实是“超智”——超越理性的束缚，直指本心。

我们知道，中国传统文化最大的特色有二，其一是格外重视伦理道德的重要性，其二是强调礼仪规范的等级差异。然而，在务虚的“重礼”和“尚德”之外，中华民族传统文化还有务实乃至“崇实”的一面。这些观念即使在强调“礼”和“德”最甚的儒家文化里，也表现得十分明显。如《孟子·滕文公上》：“民之为道也，有恒产者有恒心，无恒产者无恒心。”意思是说，对于普通民众，有家产者才能做事执著，有顾虑、有担当；无家产拖累者则容易走机会主义和冒险主义的道路。这是一种相当符合客观唯物主义的说法，物质基础决定上层建筑，精神层面的“恒心”须有物质层面的“恒产”来做基础和保障。当然，孟子也在《孟子·梁惠王上》中对这一观点做了补充：“无恒产而有恒心者，惟士为能。”孟子称颂作为精英知识分子的“士”，指出他们具有较高的社会责任感和荣誉心，能够不受物质条件的影响而坚持自己的理想和追求。应该说，这里孟子所指的是士的一种主观能动性，而非绝对原则。无论如何，一贯抱有“浩然正气”的理想主义的孟子，对于精神须有赖于物质这一现实还是承认的。

《周易》中也充满着崇实精神，它承认现实情况的复杂和正邪势力的此消彼长，君子不一定取胜，小人也会时常得势。因此，君子应该顺势而为，不能过于理想主义。如其《否》卦之彖辞：“否之匪人，不利君子贞……内小人而外君子，小人道长，君子道消也。”其象辞：“天地不交，否，君子以俭德辟难，不可荣以禄。”君子有“惶惶然如丧家之犬”的落难之时，此时应“内柔而外刚”，不追求荣华利禄，保持德行，躲避灾难，耐心等待转机。“否终则倾，何可长也。”艰难岁月终究会过去。俗语“识时务者为俊杰，通机变者为英豪”“好汉不吃眼前亏”，亦是此意。《周易》中其他诸卦，强调顺应时势、顺势而为的亦不在少数，此处不再赘述。

在先秦诸子中，最具有“崇实”精神的是墨家思想。墨家学派的创始人墨翟虽是贵族之后，也享有“大夫”的贵族身份，但生活上却与下层劳动阶级十分亲近，同情“农与工肆之人”。他本人也善于劳作，胼手胝足，不辞辛劳，还能够制造精巧的工具，其思想自然也具有浓厚的小农实用主义气息。在《墨子·鲁问》中，他提出墨家的十大主张，在两个方面具有非常明显的实用主义精神：其一，他强调根据不同实际情况来选用不同的治国方略，而不能“空对空”，以大而化之的理想化的政治观念来治国。如果国家昏乱，症结在政治风气上，就应采取“尚贤”“尚同”的办法；如果国家凋敝，症结在发展经济上，就应采取“节用”“节葬”等办法。其二，他十分重视物质基础，强调爱惜生产生活资料，其“非攻”“非乐”“节用”等主张都是从这一角度出发，认为应该集中精力发展经济、改善民生，不应该在战争、享乐和丧葬上花费太多精力和物资。这无疑具有强烈的实用主义精神。

墨家思想在很多方面与儒家针锋相对。儒家重礼，墨家就反对繁文缛节；儒家看重音乐的教化作用，墨家则“非乐”。儒家极度重视孝道，恪守“三年之丧”等丧礼；墨家则极力反对久丧重葬之俗，认为那样会严重干扰正常生产生活。儒家讲求贵贱等级，墨家则提出“尚贤”不分出身。墨家还反对儒家的“天命观”，提出“非命”的观点，即人可以通过努力改善自身境遇，这种观点本身就抛开了宿命论而具有崇实精神。墨家曾一度繁荣，与儒家并称显学，儒家的代表人物孟子就曾痛心疾首于“天下之学，不归杨则归墨”。墨家思想虽然在诸子百家的辉煌时代之后消寂，让位于在时代大潮中独尊的儒家思想，但不可否认的一点是，中国两千多年来一直是农耕社会，小农经济占据社会生产生活的主流，墨家的许多主张如节用、尚贤、反对战争等，早已转化为朴素的阶级情感而在广大劳动人民之中存在并践行着。儒家的宗族礼法与墨家的讲求实际并行不悖，造就了中国人复杂的国民性。如果单只从儒家的重礼、尚德等载诸典籍、风雅高蹈的文化特征出发去考察中国人的社会道德生活，恐怕会沦为纸上谈兵，与现实相去甚远。因此，我们必须认识到，崇实是中华民族道德生活中非常现实且显著的一面，绝不可忽视。

从哲学角度看，中国古代处理人生的辩证法并不是精确概念的辩证法，而是建立在情感基础之上的经验论。这也是导致中国古代社会重视“德治”而将“法治”放在较低一个层次的原因。另外，经验论的人生观也导致中国人的思维讲求实际，配合以“中庸”思想，使得国民性格不愿冒险，较少有超越性和革命性，社会思想活动多以维持现状为目的，而非以创造新世界为目的。因此，用来维系社会等级关系、稳定社会活动的“礼”和“德”才格外发达。从这个意义上讲，中华民族“重礼”和“尚德”特征，居然与“崇实”的特点紧密相关，甚至是以后者为思维基础的必然结果。此种幽微之处，不可不察。

2. 道家智慧

淡泊冲和是中国传统文化的特征，更准确地说，是中国道家文化的传统。相比较而言，儒家传统较为积极进取。中国传统文化虽以和谐中庸为最高鹄的，但其间仍有不同思想派别的区别，这是事物不可忽视的另一方面。

在黑塞的小说中，很明显，作者更倾向于道家传统所体现的审美情趣和人生态度。关于这一点，其小说中有非常明确的证据。

《玻璃球游戏》中有一个人物，黑塞用他的形象来暗喻道家哲学重镇庄子，这也非常值得重视。这个人就是克乃西特在校园里结识的一位奇人——德格拉里乌斯。小说描绘他是一个非常孤僻、对任何社会活动不感兴趣的人，逃避责任，隐居在自我的思想里。他绝对不宜承担任何需要权威和领导、组织他人能力的职务；否则不仅无法胜任，对他本人也是极大的压力，甚至会造成不幸。他“偶尔精神忧郁，强烈渴望孤独，畏惧承担责任，也可能存在过自杀的思想”。但即便如此，大多数人仍不得不承认他的思想是卡斯塔里学园的宝贵财富，而且无可取代。他设计出的“玻璃球游戏”——也就是某种精妙的思想体系的暗喻说法——总体上“表达了一种悲剧性的怀疑和放弃，成为一种怀疑否定任何精神知识的形象展示”。①这不禁让我们想到“吾生也有涯，而知也无涯，以有涯随无涯，殆矣”的庄子名言。庄子认为用有限的生命去追逐无限的“知”，这是太危险的事情。这难道不是极佳的“怀疑否定任何精神知识”的思想吗？德格拉里乌斯设计的“玻璃球游戏”“就像一首完美的哀歌，只是悲叹美好事物的倏忽易逝和一切高贵精神追求的可疑之处”。② 这更是活脱脱庄子的画像，充满了虚无主义和悲观主义的奥义。

当然，强调和谐的黑塞不完全否认儒家传统积极入世精神的价值。其表现最明显的地方就是上述克乃西特与同学关于知识分子价值的争论。在那场争论里，黑塞给予了普林尼奥那种世俗的入世精神足够的重视。而且在其他地方，黑塞对儒家思想也不无赞誉。他称呼孔子为“老子的伟大对手，制度建立者和道德家，立法者和礼仪维护者，古代圣哲中唯一有些郑重其事的智者”，有时会说：“是知其不可为而为之者与？”欣赏他的“沉着、幽默和纯朴”，但最欣赏的却是孔子言论中为数不多的带有真情实感的言论，如：“是知其不可为而为之者与？”他评论说：“我经常思索这句格言和一些其他的格言，也用于思考世界大事和在未来几年或十几年将要统治世界并要制造完美的那些人，他们所作所为像伟人孔夫子，但在他们的行为背后不具备他的智慧，即‘不可为’。”③从这里我们可以看出，黑塞最欣赏孔子的一点是他知道“不可为”！而对于儒家精神一向重视的“不可为而为之”的大无畏精神，却不置可否。归根结底，道家精神的淡泊隐逸，与黑塞骨子里的气质还是更加相契。

---

① ［德］赫尔曼·黑塞．玻璃球游戏［M］．张佩芬，译．上海：上海译文出版社，2011：119.

② ［德］赫尔曼·黑塞．玻璃球游戏［M］．张佩芬，译．上海：上海译文出版社，2011：121.

③ 夏瑞春．黑塞与中国［M］．法兰克福：苏尔坎普出版社，1974：114-115.

二、无言的指头

黑塞曾写过一首名为《竖起的手指》的诗，其灵感来自中国古代佛教典籍《五灯会元》中记载的一段公案——“俱胝一指”：唐代俱胝禅师面对前来问道参学者仅竖一指，别无余言。诗歌的结尾部分是这样的：

有关悟道，有关世界的开端和结局，
他却始终不言不语，只悄悄朝上竖起一根指头。
可这根指头无言而善语的指示，
越来越深沉，越来越敦促：
它宣讲，它教导，称赞，惩罚，奇特地引向世界和真理之心，
终于有一次，某些弟子领会了这根指头，
那轻轻的提升，震颤并觉悟。①

这首诗体现了黑塞对非理性思维方式的赞美。在赋予了中国形象以和谐、淡泊、隐逸等“刻板印象”之后，黑塞对中国形象最极致的认识，是中国文化强调心灵体悟的原则。这一原则既体现在上文所提及的他对音乐的理解上，也体现在他对中国的《易经》和道家思想的认同上。黑塞在《谈谈〈易经〉》一文中把《易经》同《圣经》《道德经》并列，都奉为“神圣和智慧的书籍”，认为“人们可以在这些书籍的陪伴中和气氛里度过多年岁月……可以不断用这些伟大和神圣的尺度去衡量日常生活的一切繁文缛节，包括衡量其他不同的读物”。黑塞说自己是因为“其中的智慧而爱它、使用它的……书中以譬喻形成的体系是为整个宇宙构思的，对于这部书，我从未设想自己能够很快看懂”。黑塞描述自己阅读《易经》的感受：“这部变化之书放在我的卧室已有半年之久，每次阅读从未曾超过一

① ［德］赫尔曼·黑塞．黑塞诗选［M］．林克，译．重庆：重庆大学出版社，2014：72-73.

页。当人们注视某一个组合符号时，当人们深入沉思于‘坎’这一创造性符号，深入沉思于‘随’这一温和符号，人们就觉得不是在阅读，也不是在思考，而似乎是在望着流动的河水或者飘逝的浮云。书中记载着一切，凡是人们能够思索到和经历到的一切。”① 在黑塞眼中，《易经》高深莫测的卦象所反映的是人类所不能完全认知的广阔世界，黑塞这一阅读感受，最终被他以“玻璃球游戏”的隐喻安排进了他人生的最后一部小说。例如，黑塞写小说主人公事业的顶峰是一场“中国屋落成典礼”，中国屋的设计思想便得之于《易经》，也是黑塞试图在《易经》基础上建立“玻璃球游戏”体系的一次尝试。②

黑塞从来都不是一个鼓吹理性的作家。虽然他从不缺乏理性，在反对第二次世界大战、批判德国社会庸俗肤浅观念等方面，他比任何人都要深刻得多。但是无论如何，我们接触到黑塞作品的第一印象，往往是他的感性、迷狂和对神秘的追求。他反复诉说着“魔术”对他无可比拟的吸引力，讴歌拜火教、印度佛教和中国儒家道家思想的神秘特质。这构成了他日后毫无保留地认同中国式的非理性思维的基础。

在黑塞早期作品中，他总是着力刻画主人公的忧郁和孤独，以及一种随时会倒向迷狂、虚无和流浪生活的倾向。《乡愁》里的卡门青德如此，《生命之歌》中的库恩如此，《漂泊的灵魂》里的克努尔普如此，就连《在轮下》里的乖孩子小汉斯也不时表现出这种倾向。

在欧洲文化的背景下，这种追求迷狂的哲思起源甚早，可以追溯到古希腊时期。太阳神阿波罗与酒神狄俄尼索斯的分野，即为最早的理性与非理性哲学的划分。在《乡愁》中，作者便借用对酒的歌颂来抒发对非理性之迷狂状态的歌颂。

酒，在我的人生中比其他任何事物更具重要意义。……有什么能

① 张佩芬．黑塞研究［M］．上海：上海外语教育出版社，2006：342，342-343.
② 张佩芬．黑塞研究［M］．上海：上海外语教育出版社，2006：342-343.

比酒神更具强大的力量？有什么能比酒神更美妙，更有幻想力？有什么能比酒神更热情、更活泼、更了解忧愁？酒神是影响，是魔术师，是爱神爱罗斯的诱惑者，也是他的兄弟。酒神使不可能的事情实现，使穷人的心灵充满美丽辉煌的诗篇，使像我这样乖僻的农家子弟，成为国王、诗人、贤哲。他会把本是空无一物的人生之舟中装满新命运正向陆地靠岸的人们，推回生命的急流中。

……

酒神和他的知心人娓娓交谈时，充溢着神秘、诗意、回忆或预感的浪潮，就以锐不可当的气势向他们袭来，平常所亲昵的世界，逐渐渺小时，他们的灵魂以惊喜参半的心情，向着没有路径的未知境界飞去，向着一切似乎很陌生似又很熟稔的世界，向着诗人、音乐家梦呓般所描述的世界飞去。①

对酒精和陶醉、迷狂状态的热爱，一方面既是黑塞钟情于“魔术”境界的表现，另一方面也是黑塞小说中一直存在的主人公应对外部压力的典型反应。Ernest Robert Curtius 在其《欧洲文学的散文》的“赫尔曼·黑塞”专章中说：我们发现对黑塞来说，精神分析和东方智慧（Oriental wisdom）常被用来试图治愈心灵冲突。而且，还有一种主题结构往往被我们忽视，虽然它在《乡愁》以来的所有黑塞作品里都有表现——那就是在酒精的作用下逃避现实（The escape into alcoholic intoxication）。②对酒神的歌颂源于卡门青德发现“现代人灵魂深处的最大憧憬正发出求救呼声，那种憧憬正引导人们走向各种岔道”；亦即传统的基督宗教信仰崩塌之后，近代以来越来越多的欧洲人陷入信仰危机。他们在追问：“这一切的一切，到底是为了什么呢？有什么价值呢？”没有了上帝，一切都变成了偶然之

① ［德］赫尔曼·黑塞．乡愁［M］．陈晓南，译．上海：上海三联书店，2013：100-101.

② Ernest Robert Curtius. Essays on European Literature［M］. New Jersey：Princeton University Press，1973：188.

事，“正像一场梦、一幅画在壁上的图画”。卡门青德发现自己“半辈子以来的寻求真理、寻求美、寻求爱情、寻求友情、寻求精神，结果只是一场徒劳无功的奋斗”，发现“信神是愚蠢的，也是骗人的幌子”。他因此陷入深沉的绝望，时而进入迷狂状态。他常常在夜里跑到城外，在风中和树木摇晃的声音中，“忽而跪着，忽而平躺在地面上，倏而又跳起来发出啸声；一下子猛踩地面，一会儿扔下帽子；忽地把脸贴着草地，猛然摇撼树干。啜泣、大笑、号啕大哭、呻吟……满脸赤红，刚以为已到达幸福的巅峰，一刹那后，又像死一般地喘不过气来”。①这不是卡门青德一个人的信仰危机，近代以来，许多欧洲人开始转而信仰一些来自遥远东方的神秘教义，或近代新兴的非理性主义哲学。前者如佛陀、查拉图斯特拉等，后者如叔本华、尼采。正如陈铨所言：“20 世纪的初叶，反动发生了。……老子的哲学，刚好切合欧洲现代人类的向心运动，所以东方同西方，现在又第二次会面携手了。”②

在早期黑塞那里，他还没有发现东方，因此其作品中的主人公都处于痛苦的迷茫之中，困扰卡门青德的东西同样在困扰着黑塞其他初期小说的主人公。《在轮下》的汉斯就曾受到本城牧师的启迪，开始学习新的知识，并进而开始怀疑充斥着故乡小城的浓厚宗教气氛。他认同本城牧师的新潮观点，认为神学与别的学问一样都是世俗的学问，没有什么特出之处。有一种神学——传统的天主教神学思想——那是一种艺术；而另一种神学——近代以来的新教神学、不断反思和与科学进步相互妥协的神学——那才是科学或者至少是想力求成为科学。“在这方面批评和科学总是有理的，却未能讨好于人，而创造和艺术却不断在散播信仰、爱情、慰藉、美梦和永生感的种子，而且不断能找到肥沃的土壤，因为生比死强，信仰比

① ［德］赫尔曼·黑塞. 乡愁［M］. 陈晓南，译. 上海：上海三联书店，2013：91.

② 陈铨. 中德文学研究［M］. 沈阳：辽宁教育出版社，1997：113.

怀疑有力。”①在牧师看来，传统基督教信仰已经退格为“艺术”，虽然仍有其“给人以慰藉和欢乐”的价值，但已然遭遇了近现代科学发展的挑战。汉斯虽然以优异成绩考入神学校深造，但怀疑的种子已经种下，无法再像以前那样心无旁骛地专心学习。他最终荒废学业，成为“掉到车轮下”的时代失败者。而《漂泊的灵魂》中的克努尔普，由于少年时期的爱情受挫而对人生产生怀疑，同样选择了辍学，并开始了长达一二十年的流浪生活。他个人的流浪象征着整个欧洲心灵的流浪：厌恶舒适而庸俗的生活，渴望超越，却始终找不到目标。这样的困惑是理性无法解决的，恰恰相反，它正是理性所造就的现代性困境。人类认识的来源既不仅仅来源于客体，也不仅仅来源于主体，而是在“客体和主体之间的相互作用”之中产生。②按照现代认识论的观点，客体产生的外界刺激作用于主体，主体则努力试图将其统摄于自身的“心理图式”之中。而当这一努力失败时，主体会在一定程度上调整自我的心理图式以适应客体。从这个意义上讲，所谓的理性和唯物主义，也不过是“唯心认知下的唯物”，真正的理性无法全然获得。

正如上节所言，黑塞早期作品中的主人公往往陷入绝望的迷狂疯癫而无法自拔。他们常常奇思妙想，一会儿觉得自己体内“有着某种障碍物或恶魔，以致使心灵活动迟钝，使呼吸逐渐沉重”；一会儿又“怀着一种奇异的想法，认为自己是背负着某一悲惨命运的非凡人物，任何人也无由了解我的苦恼”。③ 其最终结果，往往是“痛苦和绝望再次张开它巨大沉重的黑色翅膀”，笼罩在主人公的头顶上，使之不堪重负。只有在最终的时刻，才会偶尔像《生命之歌》的主人公库恩那样，“无论我内心是快乐还

① ［德］赫尔曼·黑塞．在轮下［M］．张佑中，译．上海：上海译文出版社，2011：44.

② ［瑞士］皮亚杰．发生认识论原理［M］．王宪钿，译．北京：商务印书馆，1986：60.

③ ［德］赫尔曼·黑塞．乡愁［M］．陈晓南，译．上海：上海三联书店，2013：130.

是痛苦，我的力量却总是在静静注视和认识光明与黑暗，它们的痛苦与和平都是这伟大音乐的节拍、力量与一个部分”。① 但这样的感悟总是来得很迟，而且面目仍然朦胧不清。

对迷狂和流浪的钟爱，一直延续到黑塞中年时期的作品。从这一时期开始，黑塞小说的主人公从早期的“癫狂而忧郁的年轻人”转变成“孤独而沉思的中年人”。他们开始从自发转向自觉，试图摸索出一条解决之道。来自东方的神秘主义哲学开始占据主人公的头脑，无论是“荒原狼”、辛克莱，还是悉达多，都在这条“向东方的路”上渐行渐远。

在《彷徨少年时》中，黑塞生动描写了主人公接触中东波斯的拜火教的情形。主人公辛克莱结识了一位神秘人物皮斯托里乌斯，向其诉说衷肠并请教：“我见到别的每一样东西都是道德说教，于是我要寻找些非道德说教的东西。对我来说，道德常常令人难以忍受。我无法表达得很清楚——你知不知道世界上一定得有一位上帝，他同时是上帝也是魔鬼？”② 皮斯托里乌斯则告诉他：有这样一位上帝，他的名字叫做阿布拉克萨斯。这就是拜火教所崇拜的神祇。皮斯托里乌斯教导说：“阿布拉克萨斯不反对你的思想之中的任何一点，不反对你的任何一个梦。”皮斯托里乌斯还强调内与外的统一和整合。强调“凡是你的灵魂想要的任何东西，你全都不能禁止”；还说“我们看见的东西，同我们内心中的东西，乃是一些同样的东西。除了我们心中包含的东西之外，世界上没有真实”。这种历史悠久的唯心主义表现了非理性主义哲学对世界的终极的悲观看法。在这种终极的悲观中，暂存着生命的意义。“人是永远到不了家的。然而，当友好的途径贯穿整个世界的地方，看起来就像是家，不过是暂时的。”③世界只是“作为意志和表象的世界”。借由这种阐释途径，陷入现代性恐慌的

① ［德］赫尔曼·黑塞．生命之歌［M］．吴忆帆，译．上海：上海三联书店，2013：56.

② ［德］赫尔曼·黑塞．彷徨少年时［M］．苏念秋，译．上海：上海三联书店，2013：157-158.

③ ［德］赫尔曼·黑塞．彷徨少年时［M］．苏念秋，译．上海：上海三联书店，2013：210.

主人公得到了一丝的安慰。辛克莱在德米安的母亲艾娃夫人那里寻找到了感性的安慰。无独有偶，黑塞后来的作品《知识与爱情》中的戈特孟，作为与代表理性的那齐士相对立的一方，也是在无尽的追求感官之欲的路途中寻找安慰。他“对女性的爱，是一种象征，象征对感性的爱。这种感性觉察出相反事物密不可分的关系”。①最终，他借由艺术途径达成了与那齐士的和解。

在研究了拜火教之后，黑塞越走越远，对印度的神秘主义色彩浓厚的婆罗门教和佛教发生了兴趣。在他的小说《悉达多》中，黑塞用如梦如幻的笔调描绘了这种视世界为梦幻泡影的世界观。这也就将黑塞的“神秘高于理性”的套话模式进一步推向高潮。

总体说来，黑塞赞美的中国式智慧是一种以少胜多、以无胜有、以直觉胜逻辑的思维，也是老子所言“和光同尘”式的与世俗规则达成妥协的思维方式。

“和光同尘”一语出自《道德经》第四章：“道冲而用之或不盈，渊兮，似万物之宗。挫其锐，解其纷，和其光，同其尘，湛兮似或存。吾不知谁之子，象帝之先。”在中国古人看来，最高层次的神秘主义哲学，不是疯癫迷狂，也不是苦思冥想，而是以“和光同尘”的姿态面对世间万物。《道德经》中除第四章外，不乏其他关于这种思想的表述。

> 第十四章：视之不见名曰夷；听之不闻名曰希；搏之不得名曰微。此三者不可致诘，故混而为一。其上不皦，其下不昧。绳绳兮不可名，复归于无物。是谓无状之状，无物之象，是谓惚恍。迎之不见其首，随之不见其后。执古之道，以御今之有。能知古始，是谓道纪。
>
> 第十五章：古之善为士者，微妙玄通，深不可识。夫唯不可识，

① 方晓明．追踪生活之母——读黑塞〈纳尔齐斯与歌尔德蒙〉[J]．山东师范大学学报（社科版），1990（5）：79.

故强为之容：豫焉若冬涉川；犹兮若畏四邻；俨兮其若容；涣兮其若凌释；敦兮其若朴；旷兮其若谷；混兮其若浊；澹兮其若海；飂兮若无止。孰能浊以静之徐清？孰能安以久动之徐生？保此道者不欲盈，夫唯不盈，故能蔽不新成。

第二十章：俗人昭昭，我独昏昏。俗人察察，我独闷闷。

第二十一章：孔德之容，惟道是从。道之为物，惟恍惟惚。惚兮恍兮，其中有象；恍兮惚兮，其中有物。窈兮冥兮，其中有精；其精甚真，其中有信。

第二十八章：常德不离，复归于婴儿。

第五十六章：知者不言，言者不知。塞其兑，闭其门，挫其锐，解其纷，和其光，同其尘，是谓玄同。

第五十八章：其政闷闷，其民淳淳；其政察察，其民缺缺。①

以上诸引，均旨在强调“恍惚”“微妙”“不言”的思维方式和处世哲学。无须理性分析，更无须谆谆说理。在《玻璃球游戏》中，主人公也最终达到了这样一重境界，那就是与世俗和解，像晚年的约翰·克利斯朵夫一样，也像晚年的浮士德一样，心悦诚服地承认自己的局限，并全身心地投入为社会和全人类的进步和福祉而努力的工作中去。这仿佛是与愤世嫉俗的迷狂背道而驰的思想，然而正如同激烈昂扬的“狂飙突进”是理性客观的启蒙主义在特殊历史环境下的另一种表现一样，克乃西特与世界平心静气的和解，与黑塞笔下其他主人公青年的疯癫、中年的苦思一脉相承。归根结底，都是追问生命根源的努力。这种追问建基于非理性哲思，是最高层次的神秘主义。

这种充分肯定“沉默”“无言”价值的神秘主义，在《荒原狼》中也曾鲜明地体现出来。Patrick O’Neill 在其《叙述行为：德国现代小说中的文

① 以上引文均出自王弼注、楼宇烈校释：《老子道德经注校释》，中华书局 2008 年出版。

本策略》（*Acts of Narrative：Textual Strategies in Modern German Fiction*）一书中，专辟“哈里·哈勒的记录：赫尔曼·黑塞《荒原狼》中的疯狂想象”（Harry Haller's Records：The Ludic Imagination in Hermann Hesse's Steppenwolf）一章。其中就这样说道：“哈勒不受干扰的、介于现实和幻想之间的摆动——这一过程至关重要地被重新语境化，在他的叙述中被重新构造，使其成为喜剧化的叙述而非悲剧——在结构上反映为文本本身对封闭式结局的拒绝。《荒原狼》的结尾明显存在着多种可转换的选择，不存在任何于多种结局中选择其一的必要性。很少有文本能如此一贯彻底地剥去叙事文本的唯一性；也很少能如此彻底地提醒我们，文学文本在本质上是沉默的，除非读者自己去读它、玩味它。”①这样的神秘主义哲学，在《玻璃球游戏》中，则突出表现为对音乐的赞美和对《易经》的熟稔使用。

首先，黑塞认为音乐的和谐本质“是一种高度发展的秘密语言”，由此而来的“玻璃球游戏”“好似一个风琴手演奏管风琴……从理论上来分析，这架乐器在其演奏过程中可以再现整个宇宙的精神内涵”。②把“玻璃球游戏”描述为人类智慧和艺术的集大成者，近似于幽微不可探明的“道”。“玄之又玄，众妙之门。”黑塞还强调音乐的感官属性，指出它不能用纯粹的理论来分析。一言以蔽之，音乐是所有艺术样式中最依赖感官的一种，它不诉诸理性和现实，而是直指心灵。

其次，他认为《易经》是为了通过掌握天地运行的规律而做出积极应对，达到趋吉避凶的目的。即老子所言“人法地，地法天，天法道，道法

---

① Patrick O'Neill. Acts of Narrative：Textual Strategies in Modern German Fiction ［M］. Toronto：University of Toronto Press，1996：75（Haller's uninterrupted pendulation between reality and vision - a process，however，that is crucially recontextualized in his narration as comedy rather than tragedy -is structurally reflected in the text's own refusal to accept closure，for the ultimate textual point of Der Steppenwolf is precisely the play of alternatives，not the necessity of any final choice between them. Few texts so consistently exploit the primacy of narrative discourse to this end；and few so consequently remind us that the literary text is essentially silent until the reader makes it work - and play）.

② ［德］赫尔曼·黑塞．玻璃球游戏［M］．张佩芬，译．上海：上海译文出版社，2011：5.

自然”。这种神秘的人生哲学在古代中国拥有深厚的基础。“相对于宇宙哲学来说，人生哲学更清楚地假定了人能全然地了解变化的世界。通过这一了解，我们可以把人生提升到完美的境界，并能对人类全体完美而有所贡献。在这个意义上，人被认为是包含有基本的变化原理，所以拥有参与生活、创造生活的极大能力。”①克乃西特的努力就是这一“把人生提升到完美的境界，并能对人类全体完美而有所贡献”之宏愿的鲜明写照。

克乃西特曾经跟随老年长老深入学习过《易经》，并且对其中的神秘因素十分着迷。最初他请求留下时，做出决定的就是非常中国化且神秘莫测的蓍草成卦。老年长老用手指敏捷熟练地摆弄一些蓍草签子，占得阴阳六爻而成一卦，通过卦辞的吉凶来作出判断。占得的卦象为“蒙”卦。

> “本卦为蒙，”老人开言道，“卦名便是童蒙。上为山，下为水，上为艮，下为坎。山下有泉水，乃童蒙之象征。其辞为：
>
> 蒙，亨。
>
> 匪我求童蒙，
>
> 童蒙求我。
>
> 初筮告，
>
> 再三渎，
>
> 渎则不告。
>
> 利贞。②

这一卦是《易经》六十四卦中的“蒙”卦，核心卦辞是“蒙，亨。匪我求童蒙，童蒙求我”。用在此处，非常应景。克乃西特由此留下，跟随老年长老学习周易的卦象、筮辞、经解，还学习庄子的寓言。此外，他还

---

① ［美］成中英．论中西哲学精神［M］．上海：上海东方出版中心，1991：237.

② ［德］赫尔曼·黑塞．玻璃球游戏［M］．张佩芬，译．上海：上海译文出版社，2011：105-106.

得学习洒扫庭院、烹茶、观察天象、查看历书、练习书法，完全模仿中国读书人的日常作息。老年长老还向克乃西特朗读《易经》的古代释解著作，并且常常在其对话中答以一句毫不相关的格言，譬如：“浓云无雨”或者“白璧无瑕”。其中明显的神秘主义因素呼之欲出，“浓云无雨”当是《周易》的《小畜》卦文“密云不雨”。“白璧无瑕”当是《贲》封文“白贲无咎”。贲常见读音为ben，但在《易经》中读作bi，与“璧”恰好同音。此处当是误译为“白璧”。后来在玛丽亚费尔修道院时，克乃西特也发现院长十分钟情于《易经》，“显然他也真正重视古代中国的治国之道和生活智慧”。谈话的结果是克乃西特应邀每周为尊敬的主人讲述两次“易经”课程。

黑塞在小说里也曾经说过，“一切事情都能够解释”。这仿佛是与非理性主义哲学背道而驰的观点。然而笔锋一转，黑塞又说：“某些严谨的科学家，甚至一些音乐家却轻视这种游戏，是因为他们认为它缺乏每一种科学专业都能够达到的严谨程度。”①很明显，黑塞笔下的“玻璃球游戏”在科学家看来“不够严谨”，而这也正是非理性主义哲学的特点。而且，我们甚至可以说，这正是非理性主义哲学高于理性主义哲学的证明。就像曾获得诺贝尔和平奖的德国神学家史怀哲所言：“人们终于发现，在讨论终极问题时，只能应用神秘主义的思想，因为人们必须用最基本的方式来探讨终极问题。道家神秘主义给出的解决方案可能并不令人满意。它的重要性也并不在于其给出的回答，而在于其提出的问题、它展现在人们面前的视野以及其中生机勃勃的精神。”②在黑塞小说里，他通过对克乃西特的内心活动的细致描写，以及对老年长老的言语、对《易经》的阐释，生动地展示了这种思维方式的特点。

对于这种理性与非理性的共存，在黑塞看来，非理性之所以伟大，并

① ［德］赫尔曼·黑塞．玻璃球游戏［M］．张佩芬，译．上海：上海译文出版社，2011：62.

② ［德］阿尔伯特·史怀哲．中国思想史［M］．常暄，译．北京：社会科学文献出版社，2009：212.

非它真的混沌虚无，而是能够与理性并驾齐驱，并在超越人类理性的领域独自存在。一个人可以既是理性的、富于逻辑的数学家和哲学家，也可以是一位技艺高超的音乐家、绘画家。他可以兼具明亮的眼睛和灵敏的耳朵——前者代表理性，后者代表非理性。非理性不是原始人类的那种蒙昧和黑暗，而是建立在理性基础之上的上层建筑。他借用宇宙的比喻道："宇宙的深邃和神秘不存在于云层和黑暗之处，唯有那一片洁莹澄澈才是宇宙最深处。"① 因此黑塞在他的众多小说里十分强调非理性的认知方式——顿悟——的重要性，如克乃西特就是如此。

追求个体的心灵体悟自然也有其缺陷，最突出的一点就是，它无法清晰明白地传授和概括，因此往往沦为幻觉和欺骗。克乃西特评价"玻璃球游戏"："既非哲学，也非宗教，它自成学科，在性质上与艺术最为相近，是一种无与伦比的艺术"。② 而其代价则是无法像学习普通课程那样循序渐进。"一个人若能领悟，便会大发展"，归根结底还是要依靠非理性，或者类似于中国禅宗所推崇的那种"顿悟"。

和谐、淡泊、心灵体悟，是黑塞笔下中国形象的若干"套话"之典型。其中有与时代氛围合拍的地方，更多的则是黑塞自己对中国的美化和讴歌。一般的西方汉学家和小说家均关注中国传统文化的儒家思想，黑塞则相反，更关注道家思想。一般的充满东方主义的观点认为中国文化的非理性是非常值得诟病的缺陷，黑格尔就这样认为。而黑塞却反其道行之，认为中国文化恰恰由于其不囿于理性范畴而是追求更高层次的心灵体悟，才因此显得伟大，比西方文化更为高明。列奥·施特劳斯认为，人类各民族之间的文化冲突是不可能解决的。③后来的亨廷顿也继承这一观点，提出了文明冲突论。在这样的认知框架里，东西方文化不可能沟通，而且在欧

① ［德］赫尔曼·黑塞．玻璃球游戏［M］．张佩芬，译．上海：上海译文出版社，2011：263.

② ［德］赫尔曼·黑塞．玻璃球游戏［M］．张佩芬，译．上海：上海译文出版社，2011：114.

③ 乐黛云，［法］李比雄．跨文化对话（四）［M］．上海：上海文化出版社，2000：34.

罗巴中心主义的阴影下，西方文化被认为高于东方原始的、蒙昧的落后文化。而本书所分析的黑塞对中国非理性思维的高度赞美，对于打破这一思维误区不无裨益。

三、“友好的对立”

赫尔曼·黑塞在他写于1929年的《如何阅读世界文学》一文中说道：

> 古代中国人认为，自然与精神、宗教与日常生活并不是敌对的，而是友好的对立，双方都有正当的权利，这就是古代中国精神性的训练。印度的禁欲式智慧，就其要求之彻底而论，可说是清教徒式的，中国的智慧则是积累经验以臻贤明之域，这种智慧不会因经验而幻灭，也不会流于浅薄，却可习得幽默。①

在这一段重要的引文里，黑塞深刻而准确地把握了中国精神的内涵及其有别于印度精神的特征：实践理性、中庸调和、积极入世。其日后关于印度和中国形象的两部代表作《悉达多》与《玻璃球游戏》的对比根源即在于此。在这段话里，居于核心地位的，是“友好的对立”，即中国文化最突出的特征：中庸、和谐。“和谐”是黑塞心目中最高级的精神境界，也是他的知识体系中最典型的中国文化特征。

将黑塞心中的和谐之美与中国文化紧密联系起来的，首先还是上面曾多次提及的古典音乐。

在小说《玻璃球游戏》中，黑塞开篇便指出“玻璃球游戏”——作为人类精神追求的最高象征物——的最突出特点就是其具有无比优美的音乐性。而将音乐提升到至高无上的本体论地位的做法，古代中国有一个很好的范例——在古代中国，音乐不仅象征治国方针和道德理念，而且象征基

① ［德］赫尔曼·黑塞．读书随感［M］．李映萩，译．上海：上海三联书店，2013：67-68.

本的人类思维秩序。他从《吕氏春秋·大乐》中摘录了大段关于音乐的论述，以说明这一道理。如：

> 音乐之所由来远矣，生于度量，本于太一。太一生两仪，两仪出阴阳。

“太一生两仪，两仪出阴阳”的说法显然源自《易经》和道家思想。《易传·系辞上》：“易有太极，是生两仪，两仪生四象，四象生八卦。”《道德经》第四十二章：“道生一，一生二，二生三，三生万物。”这里的“三”不是实指，乃虚指多数。“太极”相当于老子所说的“道”，是世间万物的本原，大致相当于西方哲学中柏拉图的“理式”和黑格尔的“绝对理念”。王弼曰：“太极者，无称之称，不可得而名，取有之所极，况之太极者也。”孔颖达曰：“太极，谓之天地未分之前，元气混而为一，即是太初、太一也。”总结起来，就是由同一性质的本原（太一、一）分出相互对立又相互依存的矛盾双方（两仪、二），矛盾双方斗争、发展的方式和途径千变万化，便生出各种各样的状态，然这些状态无论如何千变万化，都不会背离基本的自然规律（道、度量）。音乐是体现这一事物发展变化过程的绝佳象征物，音符乐声是具有同一性质的声波振动，然而又能分化出高音与低音、长音与短音等截然对立的矛盾双方，矛盾双方相互斗争发展。倘若不和谐，则为噪音；倘若和谐，即为流畅的音乐。《道德经》所谓“音声相和”，是也。

音乐天生的和谐性质被引申为世间完美秩序的象征，故而历史的兴衰、政治的治乱也就与音乐挂上了钩。黑塞引用《吕氏春秋》对音乐本质的概括是“天地之和、阴阳之调也”，音乐尚“节”尚“乐”，是“以矩为美，以众为欢”，亦即做事有节制、有规矩、有分寸，以臻和谐境地。“天地之和、阴阳之调”是人与自然之间的和谐，“以矩为美，以众为欢”则是社会人群之间的和谐。黑塞对此颇为赞赏。因此其“玻璃球游戏”一开始便强调其美妙的音乐性，并直陈其与中国古典精神的渊源。

黑塞初次接触中国古代典籍，大约是在 1905 年。在 1914 年第一次世界大战爆发之际，他遭遇了人生的重大危机，他却以此为契机，开始了他人生后半生的“向内之旅”。对《吕氏春秋》的钻研便是在这个时期内进行的。他从古老的东方书籍里感受到了强烈的共鸣，这种共鸣是如此之强烈，以至于在他晚年的代表作《玻璃球游戏》中，才如此开门见山地提及中国古典音乐，并直接援引《吕氏春秋·大乐》的原文。黑塞评价道："中国人说的这些话相当清楚地说明了一切音乐的起源及其几乎已被世人遗忘的真正意义。"① 这意义就是和谐与中庸，就是“友好的对立”。黑塞发现音乐和人类存在的根源紧密相连。如果移植到中国文化的语境下，则可以说，音乐植根于“道”，有高低、强弱、快慢、有无之分，所以音乐也就包容阴和阳，它既多样又统一，又要遵循一定的原则来组织结构和发展。我们可以明显地看到，黑塞所描写的包括音乐性在内的“玻璃球游戏”的基本特征，就是道家哲学中的“道法自然”“先天地生”和“无所不在”等观点。掌握音乐的基本精神的人“必然能够借助音乐的力量冲破自己生存的现实而创造出合乎人性、超越时空的美学现实”。②黑塞通过小说主人公之口阐释了古典音乐的这种“真正意义”，这段话是小说序言的结尾，大概也是作家对玻璃球游戏真正意义的阐释，对认识整部小说具有提纲挈领意义。在《玻璃球游戏》的序言里，黑塞先是提到了“古希腊罗马的和基督教的文化遗产”，这是欧洲文化的两大源头。然后，值得我们注意的是，他又宕开一笔，说道，“任何一种经典性的文化遗产，莫不是一种人类道德的代表，一种集中了人类楷模行为的姿态”。而我们知道，虽然所有古典型文化都非常看重道德，中国传统文化却是其中尤其富有伦理性的一种。一般说来，历史上各个民族都有重视伦理道德的传统。但对于中华民族来说，这一传统显得尤其突出和重要。在中华文化悠久的历史上，伦理道德发展得最为充分、最成系统，地位也最尊崇。时至今日，这

① 张佩芬．黑塞研究［M］．上海：上海外语教育出版社，2006：345.
② 张佩芬．黑塞研究［M］．上海：上海外语教育出版社，2006：345-347.

一特点仍表现得十分明显。可以说，像中国人这样把伦理道德视为文化的核心和基础，并形成一整套涵盖经济、政治、社会风俗、文化生活等领域的伦理体系的，在世界历史的范围内也很罕见。道德生活在中国人的心目中占有极为重要而特殊的地位。中国人一向认为，道德是人类区别于动物的根本，道德生活是人类所必须遵守的生活方式。《荀子·王制》曰：“水火有气而无生，草本有生而无知，禽兽有知而无义，人有气有生且有义，故最为天下贵也。”儒家则格外强调道德仁义的地位。“人者，仁也。”“人而不仁，如人何？”（《伦语》）直接把道德提升到了哲学上的本体论地位，即认为道德是人之所以为人的最根本的判断标准。这种思想为以后两千多年尊崇道德的中国传统文化奠定了基石，同时也为两千多年后的黑塞所深深赞许。

黑塞在其早期作品中，颇为重视音乐。比如在《生命之歌》中，黑塞通过主人公库恩之口说：“在这个世界里，音乐的节奏有时会直响到人的心底，那些和音会流过我们的心中，对我来说，这是深切的安慰与生命的表现。……任何和谐的音乐都是纯洁而优美的声音，更像那钟声，能满足人们优美与愉快的感情，抑扬的声音，往往能激动人的心胸，使人鼓舞，这不是任何别的欢乐所能比拟的。”①这种喜爱随着黑塞生命历程的发展而加深，并上升到哲学层面，成为神秘的东方文化最典型的象征物。非理性的音乐是最接近诗性哲学的至高无上的美。黑塞一生钟爱音乐，对音乐的赞美也在后来的《玻璃球游戏》中达到顶峰，将其喻为人类社会结构的完美和谐的象征。相比较而言，在其早期作品中，他对音乐的理解则更多的还是停留在个人层面，将其视作某种抚慰心灵的神秘力量：“无论我内心是快乐还是痛苦，我的力量却总是在静静注视和认识光明与黑暗，它们的痛苦与和平都是这伟大音乐的节拍、力量与一个部分。”②当然，从这种个

① ［德］赫尔曼·黑塞．生命之歌［M］．吴忆帆，译．上海：上海三联书店，2013：30-31.

② ［德］赫尔曼·黑塞．生命之歌［M］．吴忆帆，译．上海：上海三联书店，2013：56.

人化的感悟中，我们也能看出和谐观念的影子。

所谓中庸，即秉持中道。中国人向来认为和谐的基本要求就是中庸，即“中和”。这可以分为两方面：一方面是“中”，也就是追求中道，凡事不走极端，说话做事不过头；另一方面是“和”，即崇尚和睦融洽、兼容并蓄的处世准则，不喜竞争和激烈冲突，更不轻易诉诸武力征服。前者如《中庸》：“喜怒哀乐之未发谓之中，发而皆中节谓之和。中也者，天下之大本也，和也者，天下之达道也。”后者如《易·大壮》：“小人用壮，君子用罔。”小人崇尚暴力（“壮”），君子则善用智慧（“罔”通“网”，引申为智慧）。《论语》曰：“君子和而不同，小人同而不和。”《孙子兵法》也说：“兵者，凶器也，圣人不得已而用之。”这些都是这种观念的体现。

从哲学观念层面看，中国传统道德观念很早就崇尚“中庸”，或曰“得中”。《论语·庸也》：“中庸之为德也，其至矣乎。”《周易》也十分看重“中”的概念，在易卦的卦象中，就有“刚中”和“柔中”的义涵。凡卦象的阳爻居于中位，就象征“刚中”之德；阴爻居中位，则象征“柔中”之德。在此基础上，还有“刚中而正”和“柔中而正”的卦象，均代表极为美好的品德和光明的发展前途。相比较而言，“中”的重要性尤甚于“正”，《御纂周易折中》说：“程子曰，正未必中，中则无不正也。”也就是说，中庸冲和的品质，甚至要优于刚正强健。这是从《周易》六十四卦的卦象爻位的象征意义来说的。而后世日益完善的儒家思想，更是把中庸之德上升到了哲学层面，上文所引《中庸》《论语》之语即为其表达。《春秋繁露·循天之道第七十七》亦云：

> 循天之道以养其身，谓之道也。天有两和，以成二中，岁立其中，用之无穷……然则天地之美恶，在两和之处，二中之所来归，而遂其为也。……成于和，生必和也；始于中，止必中也；中者，天地之所终始也，而和者，天地之所生成也。夫德莫大于和，而道莫正于中，中者，天地之美达理也，圣人之所保守也，诗云：“不刚不柔，布政优优。”此非中和之谓与！是故能以中和理天下者，其德大盛，

能以中和养其身者，其寿极命。

这种不偏不倚、折中调和的哲学观念极大地影响了中国人的道德生活。中国人日常遵循的慎独、自省、忠恕、宽容、至诚等处世原则，中国人所追求的“天人合一”的精神境界，无不与此有关。譬如“慎独”，《中庸》第一章就详细地论证了这一原则：

道也者，不可须臾离也，可离非道也。是故君子戒慎乎其所不睹，恐惧乎其所不闻。莫见乎隐，莫显乎微。故君子慎其独也。

《周易》之《颐》卦象辞亦云：“君子以慎言语，节饮食。”也就是说，君子在一个人独处的时候，更应该谨慎地进行自我反省、自我约束。在别人听不到自己讲话的地方也要十分谨慎，不说违背道德的话，时刻恪守中庸之道，坚持慎独自修的原则。故《中庸》第三十三章云：“君子之道，淡而不厌，简而文，温而理。知远之近，知风之自，知微之显，可与入德矣。”

尤其是在与印度思想对比的时候，中国思想突出地体现了“友好的对立”之特点。黑塞在对中印文化深入研究的过程中，也发现了这一点。他的《悉达多》是对印度佛教文化的赞歌，然而主人公小悉达多最后的悟道却明明是中国禅宗式的回归生活，在此岸寻找心灵慰藉，而非印度式的苦思冥想——实际上，在小说的最初部分，黑塞就把苦思冥想、折磨肉体以锤炼灵魂的修炼方法当做小悉达多修道的入门阶段详加描写，并旋即否定之。老年黑塞更是常以中国智慧长者自居，《玻璃球游戏》中的老年长老戴着眼镜，穿着黄色的布衣，脸庞瘦削，这明明就是黑塞本人的肖像。1914 年他在《回忆亚洲》中说：“中国是一个有文化的民族，是一个在漫长的历史过程中受教育并意识到自己的文化的民族，他们不是向后看，而是面向有为的未来。”许多年后，他又在《遥望东方》中说：“倘若说印度思想侧重于灵魂和虔诚的话，那么中国思想家的精神探索则首先着眼于实际生活、国家和家庭。”①这些是对中印文化差异的精到判词，也是对中国文化的高度赞扬。

正如上所述，在黑塞那里，他用以替代“中庸”一词的术语是“友好的对立”。他尊崇中庸的思想，不希望无谓的、愚蠢的、激烈的争论破坏人类精神之美。在《玻璃球游戏》的主人公克乃西特与同学关于知识分子价值的争论中，我们可以清晰地看到这一点。

将人物性格或者某一精神领域所涉及的两种极性一分为二，分别赋予两位主人公，这一手法出现在黑塞几乎所有的小说中。而这种双极性的人物形象，既暗合巴赫金的复调理论，又符合黑格尔关于“二律背反”的论述，当然，更与中国传统文化的中庸之道不谋而合。《知识与爱情》里的纳尔齐斯与歌尔德蒙，《漂泊的灵魂》中的克努尔普与其皮匠朋友，还有《在轮下》中的汉斯与其神学校同学海尔纳，《东方之旅》中的 H. H 与里欧，都是这样相互补充的两极。《玻璃球游戏》也不例外，它树立了一个与克乃西特相反相成的人物形象：普林尼奥·特西格诺利。两人自学生时代就相互辩论、相互磨砺，普林尼奥代表了世俗世界的力量，他来到卡斯塔里学习，却始终是局外人，以世俗的眼光评价甚至批判卡斯塔里的“象牙塔”气氛，指责这样一座学术之园脱离实际、夸夸其谈。克乃西特则代表了纯粹的知识分子立场。作为孤儿，这是巨大的不幸，但同时对于一名学者而言，又是一种奇怪的优势——因为他可以没有家庭的拖累和世俗的牵挂，如果他不沉迷于爱情、酒精、娱乐等其他世俗欢乐的话，那简直可以说是做学问最好的处境了。克乃西特“总算没有受到精英学校与家庭间的矛盾冲突之苦，有些同龄年轻人却深受其害，不仅难以进入宗教团体，还使一些原本天赋颇高的青年思想混乱，甚至成为有问题的人”。②在教育当局和克乃西特眼里，普林尼奥·特西格诺利就是这样一个“有问题的人”。他“天赋很高，口才出众，擅长辩论”，然而同时也“性格刚烈，脾

① 张佩芬．黑塞研究［M］．上海：上海外语教育出版社，2006：60，60-61.

② ［德］赫尔曼·黑塞．玻璃球游戏［M］．张佩芬，译．上海：上海译文出版社，2011：33.

气有点儿暴躁”。而且他是一名旁听生，来自世俗世界，也必将回归。因此普林尼奥常常“以挑战姿态直言不讳地宣扬自己是一个持世俗观点的非卡斯塔里人”，成为克乃西特和校方共同的辩论对手。存在这样的对手是一件好事，不同的甚至截然对立的观点有利于帮助学术团体摆正姿态，避免过于狂妄自大、脱离现实——无论是对于学术团体还是对于世俗世界，过于狂妄自大的理论指导都是非常危险的，而这恰恰又是知识分子最容易犯的错误。或者，更准确地说，能否摆正理论与现实的关系，是衡量知识分子水平的标尺之一。真正优秀的知识分子，必定给予现实以足够的尊重和重视，因为那是理性的基本要求。因此，虽然立场截然对立，观点完全相左，克乃西特和普林尼奥两人仍然成为好朋友。“两人都极有天分，都感受到了精神召唤，这使他们成为兄弟，尽管在其他任何方面都完全相反。”① 在两人激烈而始终保持友好的争论中，我们可以感受到黑塞对中国传统文化“和而不同”的理解。这种理解与弥漫欧洲的理性主义原则并行不悖。

克乃西特一心追求学问，立志于成就最伟大的“玻璃球游戏“事业。但是在学习的过程中，他却始终无法摆脱对终极问题的困惑：艺术和知识到底有什么价值？该在人类社会中占据何种地位？在与同学普林尼奥的辩论中，他益发困惑，甚至有时候被对方折服而承认“普林尼奥的见解里确实有我无法简单否定的内容，他唤醒了我内心的共鸣”。②

普林尼奥宣扬自己从家庭和世俗环境中继承来的观点和判断标准，对卡斯塔里的学术尺度进行评价，并宣称自己的观点更好、更自然、更符合人性。他要替“世俗世界”及其平常生活辩护，反对卡斯塔里的那种“狂妄自大的经院哲学精神”。而克乃西特这样以学问为终身珍视的目标的人，一方面感到被冒犯、被挑战，一方面又隐隐发觉对方的言论并非一无是

① ［德］赫尔曼·黑塞．玻璃球游戏［M］．张佩芬，译．上海：上海译文出版社，2011：73.

② ［德］赫尔曼·黑塞．玻璃球游戏［M］．张佩芬，译．上海：上海译文出版社，2011：83.

处，需要认真严肃地考虑才行。克乃西特因此感到痛苦。普林尼奥又提出了更尖锐的批判：“玻璃球游戏是一种不负责任的字母游戏，也许会毁坏我们以往种种不同艺术与科学的语言。这种游戏只进行联想和类比。……我们这种不事生产的隐退生活恰恰证明我们全部精神教育和态度之毫无价值。……我们卡斯塔里人所过的生活犹如靠人喂养的笼中鸟儿，我们不必自食其力挣面包糊口，我们不必正视现实生活，不必参与生存竞争，对于那一部分用辛苦工作和困苦生活建立了我们豪华生活的人，我们既一无所知，也不想去知道。”①这让克乃西特无法反驳！这种基于不同“阶级立场”的争论，倘若放到现实之中，恐怕马上就要引发思想论战乃至社会的分裂。如何在这激烈的看似不可调和的矛盾之中保持和谐呢？克乃西特采取的对策是积极去参与辩论，在熟悉掌握卡斯塔里的基本制度和思想精髓的基础上“将辩论提高到最高层次”。不去纠缠立场问题，只谈理性和逻辑。果然，随着辩论的深入，普林尼奥“原先那种进攻性的讥讽语调逐渐温和了，他的论点也较为严谨和负责了，他的批评也比较符合实际了”。②一言以蔽之，思想的交锋进入了良性循环，把辩论控制在了“学术研讨的范围内”。人们总是以善意来回报善意，而且人们毕竟总是有理性的。猛烈的抨击固然一时痛快，然而其所包含的真理性也随着言辞的激烈而消逝。真正的学术之争必定温和，因为辩论双方都指向一个目标：真理。普林尼奥来自“世俗世界”，具有世俗的经验、方法、攻击手段，因此也学会了世俗世界里那种功利主义的“带点儿不择手段的态度”。倘若在辩论中对方予以激烈还击，那倒正中了他的下怀。然而如今克乃西特平静沉稳、态度谦和的答辩却迫使他看到，“尽管他颇为熟识世俗世界，优于任何卡斯塔里人，但是他绝不可能像一个把卡斯塔里视为家乡、故土，视为命运所系的人那样深刻地认识卡斯塔里及其精神。他不得不看清，也逐渐

---

① ［德］赫尔曼·黑塞．玻璃球游戏［M］．张佩芬，译．上海：上海译文出版社，2011：76.

② ［德］赫尔曼·黑塞．玻璃球游戏［M］．张佩芬，译．上海：上海译文出版社，2011：79.

不得不承认，自己仅是一个过客而不是永久居民，他也认识到这个教育王国也和外面的世俗世界一样，有着几百年积累而得的经验和不言而喻的原则。这里也存在着传统”。① 换言之，他在某种程度上被折服了。在他的内心，他所珍视的世俗世界与卡斯塔里的学术世界达成了暂时的和解。两人的辩论就这样始终保持着互相尊重的良性循环，并达成了共识：“人们要为这个世界服务，却不错误地对待或者轻视另一个世界，不带偏见地看待任何一种隐约的欲念或者怀乡之情，这才是唯一的正道。”② ——这一“正道”，正是中国传统文化的“中庸之道”。

第二节 逆向套话溯源

如上所述，黑塞一生对中国文化情有独钟，其小说充满了对中国文化的想象和再创造，营造出多种有迹可循的套话模式。本书第二章的三节内容分别列举并分析了其中最典型的三种，并在第三章第一节将其归纳为“逆向套话”的模式。通过上述梳理分析，我们可以发现，无论对于黑塞身处的历史社会背景而言，还是对于他本人的思维发展而言，这些套话都是“逆向套话”。更有甚者，在黑塞对中国文化的认知与现实情况之间、与欧洲文化界对东方的认知之间，还存在着一种双重张力。然而这并不是由于黑塞对中国文化的认知存在误区，更不是由于对中国的想象只是黑塞本人的自说自话。相反地，黑塞对中国文化精髓的把握十分深刻，以中国文化为蓝本设计的“玻璃球游戏”也充满着隐喻和对人类共同前途的期许。那么，黑塞的这种“逆向套话”究竟是如何形成的呢？这需要对其生平经历和思想倾向做一番梳理和追溯。

---

① ［德］赫尔曼·黑塞．玻璃球游戏［M］．张佩芬，译．上海：上海译文出版社，2011：82.

② ［德］赫尔曼·黑塞．玻璃球游戏［M］．张佩芬，译．上海：上海译文出版社，2011：79.

一、童年熏陶

黑塞何时对中国产生兴趣，恐怕已无从考证。我们能知道的是，大概从他的童年开始，在他本人尚无觉察的情况下，遥远的东风已经悄然吹进了他的心灵。

造成黑塞小说关于中国形象的“逆向套话”的，首先是黑塞本人的世界观和个人气质。彷徨、迷惘、痛苦、绝望、流浪、孤独……这些词语可以说是黑塞心灵的“关键词”。从根本上来说，黑塞是孤独的心灵流浪者，他与外部世界格格不入，并最终执拗地走上了“向内之路”。黑塞的小说，其本质是对人性的探索，“他们都可解释为对人格、对个体的一种捍卫”。① 黑塞无论在创作上还是在现实生活中，都表现出流浪和孤寂的性格特征。在靠写小说出名之后，靠着出版小说的收入和名气，他本能过上如托马斯·曼那样幸福舒适的家庭生活。然而在与第一任妻子婚后，两人虽然移居乡间过上了一段轻松安宁的日子，黑塞却很快对这种平淡乏味的生活感到厌倦。他本以为厌恶现代工业文明的自己渴望过一种农民的生活，然而最终却发现，农民固守土地的生活也非他的本愿。他的天性是做一名孤独的流浪者，无论在现实中还是在心灵上，他都自发地选择独自一人，做一名孤独的朝圣者和备受误解的先知。在他的《荒原狼》和《漂泊的灵魂》等小说中，这种孤独型人格表现得淋漓尽致。比如在《漂泊的灵魂》里，童年的困惑经历造成的对世界的不信任，是克努尔普钟爱流浪的内在动因，或许这也是黑塞本人的童年阴影。克努尔普后来又谈过一次恋爱，女孩要求他辍学，她对他说：“我不要一个进拉丁语学校的情人，那样的人没有好人。我要一个真正的大人来做我的情人。像是工匠或手艺人之类，不要做学问的人，学问不行。”这使得克努尔普最终下定决心辍学。然而时隔不久，那女孩背叛了他。这使得克努尔普对生活彻底绝望。“我

① 马建．寻求自我之路——论赫尔曼·黑塞的《悉达多》［J］．外国文学评论，2004（4）：102.

再也不相信人类的语言、不相信语言的保证，再也没有做过第二次了。我过着最适合自己的生活，不缺自由和美，但始终是一个人。”①这些情节一方面是黑塞本人童年的亲身遭遇，一方面也是被他加以艺术改造而富含深意的象征之物。

自幼养成的钟爱孤独和想象的性格，以及在日后遭遇社会冷酷现实的种种痛苦和不适应，自然使得黑塞把眼光转向了自我的内心和远在天边的东方。他希望从那里找到属于自己的慰藉。这是黑塞式的“逆向套话”之所以存在的心理动因。

而这些最基本的特质，在其童年时期就已经埋下了种子。在日后的生命长河中，黑塞只是一而再再而三地试图解决自己从童年时就产生的困惑而已。恰如其第一部小说《乡愁》的中译本序言所言：“黑塞，一个真正为文学而生的作家。在他85年漫长的生涯中，他总是让自己沉湎于青少年的岁月中，一心一意描写他热切的愿望以及欢乐悲哀和迷惘烦恼，追踪自己心灵的生存路径。”②童年生活对黑塞一生的影响，不可谓不巨大。黑塞在童年时期便通过家庭氛围接触到了东方文化。他的父亲和外祖父都是曾远赴印度传教的宗教界人士，他自幼便生活在一个东方风情浓厚的氛围里。黑塞在《一个魔术师的童年》（1923）和《我的外祖父》（1952）等纪念文章中曾回忆双亲和外祖父对自己的熏陶和启蒙。外祖父是一位蓄着白胡子的德高望重的长者，满腹经纶，无所不知，懂得差不多30种语言，在黑塞眼里是最贤明的圣哲和魔术师。母亲也继承了外祖父身上的神秘色彩，她常常用一种奇怪的魔术般的腔调跟外祖父交谈一些莫名其妙的话——也许是某种印度方言。脸上也常常挂着一种隐秘不宣的智者的微笑。黑塞对这种神秘的气质十分着迷，以致终其一生，他都在追寻神秘的东方、神秘的非理性哲思、神秘的音乐，并且总是以“魔术师”自居。他

① ［德］赫尔曼·黑塞．漂泊的灵魂［M］．吴忆帆，译．上海：上海三联书店，2013：106.

② ［德］赫尔曼·黑塞．乡愁［M］．陈晓南，译．上海：上海三联书店，2013：（译序）1.

说："我明知我的根已深入于我母亲的土壤里，陷入于乌黑眼睛的一团神秘之中。"① 而在父亲那一方面，黑塞对他的印象是遗世独立、无比真诚，虽然没有那种高贵的神秘气质，但他饱学多识，全神贯注于服务真理的事业，他的脸上总是呈现出一种童稚的质朴和神性的坚毅相交织的表情。父亲的聪明、坚毅和富有献身精神的形象，大概是《玻璃球游戏》主人公克乃西特的原型。而外祖父，则化身为克乃西特的前辈——神秘莫测的"音乐大师"。

家庭环境也给了黑塞非常深刻的印象，他在这里完完全全接受了东方文化的熏陶。黑塞回忆了图书室、玻璃柜里的玩偶和神像、铁丝笼里的来自神秘国度的老鹦鹉、传出回音的长廊。"美妙的音乐在此演奏，佛陀和老子的智慧之光在此绽放。"这其中，来自遥远东方的东西对他影响甚大。他回忆说："儿时教导我的，不只是父母与师长而已，还有某种更高超、更奥妙且更神秘的力量，也曾指引过我。其中之一乃是牧羊神——它以跳着舞的小印度神偶的打扮，站在我（外）祖父的玻璃柜里。跟其他神仙一样，这个神祇在我童年岁月里即已敲开了我的心扉，在我尚未读书识字之前，他们即在我的心房里填满了古老的东方形象与观念。因此在后来，当我碰上了印度和中国的传奇故事，我心中便油然而生出一种似曾相识之感，像遇到旧友、回到老家。"②这个神像后来在黑塞的小说《内与外》中出现。黑塞还从童年的记忆中获取了最初的神秘主义观念："放在我外祖父那珍贵的玻璃柜里的跳舞状的偶像……它并不是经常保持原状的——它并非一成不变地保持着同样的面孔，或跳同样的舞。有时，它看来的确像个神像，一个在陌生而难以了解的国度里所塑造，且为陌生而难以理解的居民所膜拜的奇妙而古怪的形象。但是，另外一些时候，它却变成了一个不可思议的东西——它意义无穷、十分凶恶、粗鲁不堪、冥顽不灵、难以

① ［德］赫尔曼·黑塞．孤独者之歌［M］．蔡伸章，译．上海：上海三联书店，2013：45.

② ［德］赫尔曼·黑塞．孤独者之歌［M］．蔡伸章，译．上海：上海三联书店，2013：37-38.

信赖而又嘲俗讽世似的——它似乎在设法诱我发笑，以便随后对我施展报复。……在它的神秘外形之后，在它的脸庞与形象之后，却潜藏着无限之物——神明——后来，我以湿婆 Shiva、毗湿奴 Vishnu、上帝、生命、道、婆罗门、阿特曼或永恒之母名之；但是我对它的敬意未曾或减。它既是父亲亦是母亲，既是男人亦是女人，既是太阳亦是月亮。”①因此，黑塞虽然明知其是一个土生土长的欧洲人，其生活不免习染着狂热、贪婪与难以抑制的好奇心等西方的特质，却依然不可救药地倒向东方。他着迷于东方的一切。这为他在以后的人生道路上选择了“向内之路”，并在其作品中热情讴歌印度和中国文化奠定了基调，也是其关于中国形象的“逆向套话”的根源。

在黑塞童年的后期，僵化的学校教育使得黑塞一下子从家庭生活的天堂堕入怀疑和厌倦的地狱——就像他在《在轮下》和《彷徨少年时》中描写的那样。在墨尔布隆神学校，他激烈地反抗僵化刻板的教育制度，怀疑宗教信仰，不断逃学，最终辍学，在家休养了两年多，曾多次试图自杀。神秘的东方幻想远去了，占据少年黑塞头脑的是致命的黑色风暴，是无边的怀疑和否定，是痛苦的挣扎和反抗。而造成这些痛苦的，恰恰很有可能是他童年梦幻般的多元文化认知与现实中冷冰冰的理性至上的教条之间的冲突。与世界决裂的倾向，在这个时候已经开始显现，并在日后的岁月里不断得到强化。

二、成年接触

成年以后，黑塞开始阅读当时所能得到的关于中国古代典籍的译本，并写出了一些相关的文字。按照德国学者的研究，黑塞正式接触中国文化大约是在1905年他27岁的时候。加拿大籍华裔学者夏瑞春教授在其专著《赫尔曼·黑塞与中国——记述、资料与解读》中也考证黑塞第一次接触

① ［德］赫尔曼·黑塞．孤独者之歌［M］．蔡伸章，译．上海：上海三联书店，2013：42.

中国文化应该是在 1907 年之前。因为这一年的 11 月 27 日，《慕尼黑报》的副刊《雅典神殿大门》第 5 卷第 9 期第 132 页发表了黑塞对中国诗集《中国笛》的评论，这是有据可考的黑塞撰写的第一篇关于中国书籍的评论。其中提到了一个线索，那就是除了《中国笛》之外，黑塞还阅读过德国岛屿出版社 1903 年出版的由亚历山大·乌拉尔改写的老子《道德经》，黑塞称之为“一本来自中国的老子箴言的精彩译本”。① 1910 年，黑塞为《道德经》写了书评，文章说：“受到介绍的限制，一般欧洲人认为中国哲学奉行中庸之道，而老子哲学因其生动活泼，乍一看来几乎不像中国思想，在众所周知的远东思想家中，并无一人像老子那样在伦理观念上使我们西方雅利安人感觉亲近和关系密切。拿他与我们近年来如此热衷研究的哲学——提倡遁世，又经常过于繁琐和冥思的印度哲学——进行比较，老子的中国智慧赋予人绝对淳朴和实际的感觉……他为发展人性所做的工作也比许多西方学者更为伟大而合乎目标，那些学者为提倡隐士哲学而摒弃了本能直觉。”② 1911 年，黑塞在《谈谈中国》里评论《庄子》：庄子比老子晚三百年，格里尔把他们两人的关系比作柏拉图和苏格拉底的关系。……“我过去仅仅对佛教的以及从佛陀学说转化的古老东方哲学思想有所了解，而这本奇妙的书却给予我绝对全新的认识价值。我原以为在东方亚洲，在佛教和基督教之间，并不存在发展成为哲学思想的民族宗教。……我曾屡次叹息，我们东方学者们的工作成果实在太少。如今已有了若干成果，我们只能期望它们日益发展并且起影响。东方知识不会把我们导入陌生歧途，而会给我们一种愉快的经历，我们早就该把它们视作自己的优秀财富来深深珍爱了。”③

黑塞在《如何阅读世界文学》一文中更加详尽地描述了自己接触中国文化的历程。按照他的说法，在东方文学中，他首先接触到的是印度。他由对 18 世纪德国文学的兴趣，延伸到对古印度的了解。先是因朋友的介

① 马剑．黑塞与中国文化［M］．北京：首都师范大学出版社，2010：49.
② 张佩芬．黑塞研究［M］．上海：上海外语教育出版社，2006：337-338.
③ 张佩芬．黑塞研究［M］．上海：上海外语教育出版社，2006：338.

绍，黑塞接触了一些带有印度神秘主义哲学色彩的著作。黑塞厌恶这种说教口吻，但与此同时也发现了其中“有不能不让人发生共鸣的某种理性与超俗性”。最终他发现所有的这些神秘主义说教的源头，“那源头就是印度”。由此，他心情激动地阅读《薄伽梵歌》，但可惜的是译本非常糟糕。尽管如此，他仍然从这本书的字里行间感觉到，遥远的印度思想中蕴含着他所苦苦追求的“黄金穗粒”，他“在印度式形体中发现了贯通亚洲的思想”。此后他又接触到了其他几部印度经典的译本，从中吸收了营养。他回忆道：“当时，古印度的智慧与思想和叔本华的思维世界一样，强烈地影响了我的思想与生活，达数年之久。”但正如日后在小说《悉达多》中借由主人公的求道历程表达出的感受一样，黑塞迅即感觉到这种思想无法彻底解除自己的困惑。“虽然如此，不满与失望依然残留。……我在印度世界中所要追求的是一种欧洲无法发现的东西，也就是说一种智慧。我不仅预感到这种智慧的存在于可能性，甚至预感到它必然存在。可是，无论在什么地方都无法发现这种智慧已借语言的传达而实现。”①换言之，印度思想给黑塞带来了有别于欧洲精神的另一种智慧，但却只能让他朦胧地感觉到这种智慧存在的可能性，无法确证——直到他接触到中国古典著作。

童年经历造成的价值观和性格特征，是黑塞一生道路的总路标。但在这条道路上，他并非一个人茕茕独立、顾影自怜。与外部世界的格格不入，是许多现代人会遭遇到的心灵困境。现代启蒙的结果是人们自我意识的觉醒和无限膨胀，对自由的追求达到空前地步。然而这种“历史的必然要求”注定不可能实现——起码不能完全实现。对于无限度的自由来说，死亡是无法逾越的鸿沟。在死亡这终极的一重障碍之前，还有无数现实的阻碍。面对现实的无力感和挫折感四处弥漫，从而造就黑塞小说中的典型人群——沉溺于感官享乐而放弃对彼岸世界的思考，彻底向虚无和死亡投降。这一人群在《荒原狼》中是无法理解歌德的“小市民社会”，在《彷

① ［德］赫尔曼·黑塞．读书随感［M］．李映萩，译．上海：上海三联书店，2013：64-66.

徨少年时》中是为战争做炮灰的普罗大众，在《玻璃球游戏》中则成为“副刊时代”的主力军。黑塞对这些人嗤之以鼻，但却与他们一起必须面对现代人的信仰危机这一时代病。他采取的态度，是与这些人截然相反的抗争姿态。

黑塞很小的时候就表现出与社会一致性的格格不入，最典型地表现在两个方面：首先是上面提到过的青少年遭遇的教育危机，其次是成年以后在对待战争的问题上成为全民公敌。黑塞在好不容易摆脱了青少年时期地狱般的痛苦生活，通过写作而过上了相对稳定安逸的日子后不久，便再次陷入了与社会规范的冲突之中。这一次是规模更大的冲突，上演的舞台不是学校而是整个德国社会，引发的轰动也大得多。

在近代欧洲史上，德国发展较晚，危机感很强。在获得初步的发展空间之后，它的当务之急就是竭尽所能维护国家稳定和团结，并采取各种措施提高教育水平、官僚机构效率和军事力量，以期将来能与欧洲其他各国——尤其是作为近邻和宿敌的法国——相抗衡。Otto Pflanze 在其《俾斯麦与德国的发展》第二卷：《巩固时期（1871—1880）》中著有“民族主义与国家政策”一章，其中写道：“俾斯麦相信，人民会感激普鲁士的社区自治体系（Prussia's system of communal self-administration）的优点，它取代了法国式的单一、集中的行政结构。他也期待全民征兵制度（universal military conscription）、公务员培训（officer training）和德国公共小学教育体系（the German system of public elementary schools）的长期实施能收到良好结果，那就是：与法国相比更加稳定。”①黑塞出生于 1877 年 7 月 2 日，其童年正是经历了上述时期。所以，我们应该很能想象童年黑塞所处的社

① Otto Pflanze. Bismarck and the Development of Germany [M]. New Jersey: Princeton University Press. 1990: 126 (Bismarck believed that in time the population would come to appreciate the virtues of Prussia's system of communal self-administration, which replaced the unitary and centralized administrative structure of France. But he also expected good results from the long-term effects of universal military conscription and officer training, the German system of public elementary schools, and “the greater stability of German in comparison with French conditions”).

会氛围，以及他在学校中受到的以民族主义为主要特色的教育。在这之后，是更加崇尚强权的“威廉时代”（1890—1918），基本涵盖了黑塞的前半生。在这一时期，德国的民族主义情绪迅速膨胀，为日后的希特勒上台、纳粹思想横行打下了基础。当时“威廉时代整个德国的特点，是灿烂辉煌的物质繁荣和军国主义、海军主义、民族沙文主义的大发展”。① 黑塞对此十分不满，直言不讳地在报刊上发表文章，抨击当时德国穷兵黩武、积极准备第一次世界大战的政策，因而招致了德国民众的猛烈抨击。这也直接导致了黑塞的精神危机。而在十几年后第二次世界大战即将爆发之际，他也在反思整个德国的体制乃至整个欧洲的文化，他反感和讥讽周围的德国人毫不吸取第一次世界大战惨败的教训，反而积极准备着下一次战争，整个社会弥漫着愚昧和狂热的气氛。黑塞回忆第一次世界大战期间他发表的反战言论招来了无尽的谴责和谩骂：“从战争一开始，我就一直感到十分难过……而我周围的每一个人的一举一动却似乎显示出，他们对同样的不幸事情却充满着快活的兴奋之情。当我从报上读到名作家表露他们对战争的福泽的文章及教授们为战争所作的摇旗呐喊，又眼见名诗人书房里所涌出的讴歌战争的诗文时，我内心感到更加的难过，甚至深恶痛绝。1915 年某一天，我终于按捺不住地将我内心的不齿公开表示出来，同时我对一般所谓饱学之士居然率先宣扬仇恨，散布谎言，将大灾大难吹捧上天的作风，亦深表遗憾。这种与众不同的悲切表示立即引来轩然大波，我祖国的报纸直斥我为叛国贼。”②国际文化和世界文学视野使得黑塞很早就超越国家和民族的局限，从个人出发，直达全人类。然而他的同胞却不理解他，因此，与社会疏离以及“向内转”的倾向是不可避免的了。Claude Hill 在其《赫尔曼·黑塞与德国》（*Hermann Hesse and Germany*）中写道：“毫无疑问，黑塞已经将他自己与德国的命运分离了（detached himself from the fate of Germany）。虽然不再使用‘我们德国人’这样的字眼——这显

① 丁建弘．德国通史［M］．上海：上海社会科学院出版社，2002：278.

② ［德］赫尔曼·黑塞．孤独者之歌［M］．蔡伸章，译．上海：上海三联书店，2013：93-94.

示了他长期以来与政治疏离的立场——他仍然继续提供建议和批评，也不管是否被需要，是否被感激。无疑地，只要他的声音和他的书在德国出现，他将再次成为攻击辱骂的目标（There is little doubt that he will again be the target of abuse and attack, when his voice can be heard and his books can be sold in Germany）。"①

即使在战后，整个德国也没有彻底反思。黑塞曾经在文章中以难得一见的幽默口吻提起一件事：有一次，他在一处度假胜地碰到一个道貌岸然的绅士，看样子是个来头不小的人，至少是个国会议员之流的人物。"在一个可怕的夜晚，我梦见了这个人乃是我的父亲，我站在他面前接受他的盘问。他盘问我，第一，为什么没有爱国心？第二，为什么去赌博而输掉了 50 法郎？第三，为什么去勾引女孩子？"②多么形象而讽刺！三个充满道德感的问题，栩栩如生地刻画出了民族主义者和庸常大众的思维逻辑。黑塞与这样的人是截然不同的，他将这种现象归咎于整个欧洲近代文明的本质缺陷。他说："由于惊人的努力，各种威力强大的新武器已经为人类创造出来了，可是最终又陷入极度的罪恶和精神上无际的荒芜。欧洲已经征服了整个世界，唯一的损失是失掉了自己的灵魂。"③对于弥漫欧洲的躁动气氛和侵略冲动，他认为"欧洲的灵魂像一只野兽，已被囚禁了无限长的日子了。一旦它得到了自由，它最初的行动不会是很可爱的"。④脱离了中世纪的神学束缚的同时，欧洲也失去了精神的家园。这是黑塞对欧洲近现代的整体判断。他在不同的作品中重复着这一观点，反复地说"这个世界非常腐败、堕落"，"这个世界要重建。空气中有股死亡的气息，不先经过

---

① Claude Hill. Hermann Hesse and Germany. The German Quarterly, 1948, 21 (1): 13.

② ［德］赫尔曼·黑塞. 孤独者之歌［M］. 蔡伸章，译. 上海：上海三联书店，2013：252.

③ ［德］赫尔曼·黑塞. 彷徨少年时［M］. 苏念秋，译. 上海：上海三联书店，2013：217.

④ ［德］赫尔曼·黑塞. 彷徨少年时［M］. 苏念秋，译. 上海：上海三联书店，2013：218-219.

死亡，没有任何东西能够诞生”，“ 将会有一场非常大的战争，一场规模非常庞大的战争。但是即使那样，那也仅仅是一个开始。新的世界已经开始了”,① 等等。可以说，黑塞很早就预言了第二次世界大战的爆发。众人皆醉我独醒，他和少数几位有识之士的清醒，无法阻止德国和整个欧洲再次陷入战火。这样清醒的认识、这样无力的现实，使得黑塞在反求诸己之后，“发现了全世界对战争及杀人的嗜欲，发现了人类的不负责任及它的自我迷醉、它的怯懦”,② 最终退隐到瑞士一隅，专注于研究印度与中国的智慧。

黑塞的遭遇并非个例，易卜生的经典社会问题剧《人民公敌》讲述了一个有良知的医生最终被庸俗腐败的官僚机构和麻木自私的人民大众共同宣判为“人民公敌”的故事。知识分子、少数先知型人物的思想观念以及对时局的判断，往往与在数量上占社会绝大多数的民众截然相反。这一现象古今中外皆有，而在20世纪初的德国，亦十分明显。比如黑塞日后的好友托马斯·曼就曾经遭受纳粹德国的迫害，他的著作在德国遭到禁毁，本人被迫流亡美国。法国的罗曼·罗兰也与黑塞私交甚笃，曾因在法国批评民众的好战情绪而遭到围攻。还有史蒂芬·茨威格，他也是黑塞的好友，曾多次拜访过黑塞。他也是一位坚定地反战主义者，被迫流亡南美，最终在绝望中自杀。

黑塞与这几位挚友一样，坚定地反对法西斯主义和狂热的民族主义情绪，反对战争。他对欧洲的前途感到忧虑，很大一部分原因就是对当时弥漫全欧洲的狂热气氛感到恐惧。黑塞写了很多文章来呼吁、呐喊、批判，但收效甚微，反而招致媒体和民众对他的围攻。在这种氛围下，黑塞在现实中采取的对策是隐居瑞士，而在心灵上，则向着遥远的东方寻求慰藉，自然便成了顺理成章之事。这是黑塞热爱东方最重要的心理动因之一。他

① ［德］赫尔曼·黑塞．彷徨少年时［M］．苏念秋，译．上海：上海三联书店，2013：234.

② ［德］赫尔曼·黑塞．彷徨少年时［M］．苏念秋，译．上海：上海三联书店，2013：228.

认为越是在西方咄咄逼人的时代，越是需要向东方的古老文明表示敬意，并从中寻求人类未来发展的真正方向。“可以看到，每当这从总体上讲积极进取的欧洲精神到达战争、军事高潮并开始突变时，就会从东方传来让人镇定、收心内视并起着充实丰富作用的精神思潮。”①近代以来，东方文化往往出于民族救亡和民族自尊心的原因，对西方文化类型采取一种激烈的抵制态度。而西方世界，尤其是19世纪以来的德国，则显示出一种不断增长的对东方的爱慕，甚至发展到许多作家和思想家不惜背弃自己的本国文化，而掉头往东方寻找心灵的安静和信仰的拯救，从而掀起一波又一波的“东方热”“中国热”。黑塞对庸俗社会的抗争是孤独的，然而在思想界，他的东方之旅恰逢其时。

三、自觉追求

前面总结了导致黑塞的中国情结的两个人生阶段：童年熏陶和成年后的自发接触。在这两个基础上，黑塞在中年以后开始了对中国文化的自觉追求。黑塞写于1929年的《如何阅读世界文学》中写道：“15年间，对这些中国典籍，我的喜悦有增无减，大部分时间，我床边总放有其中的一册。”② 以“15年间”倒推，当在1914、1915年，彼时黑塞遭遇其人生中第二次重大的精神危机，父亲去世、婚姻失败，并且由于坚定的反战立场而被社会攻讦。这促成了他的向内之路，自此他掉头向东，向印度和中国精神寻求安慰。可以说，黑塞对中国文化的兴趣根植于童年家庭环境的熏陶，始于1905年左右对中国典籍良莠不齐德译本的阅读，并最终在1914年左右成为自觉的坚定追求。

在中年时期遭遇种种危机之后，黑塞踏上了他著名的“向内之路”。早在童年时期，他就对东方文化深感兴趣并颇为熟稔。成年之后，他更是在自己的图书室里创立了“中国角”，专门存放他搜集的关于中国文化和

① 卫茂平．中国对德国文学影响史述［M］．上海：上海外语教育出版社，1996：329-331.

② 张佩芬．黑塞研究［M］．上海：上海外语教育出版社，2006：348.

文学的书籍。不过，他对中国的研究并非一开始就精进深入的；相反，虽然对中国的喜爱很早就已扎根，但黑塞真正认识到中国文化的博大精深是在很久以后。正像前面章节中讲到的，在这之前，他首先接触的是中东波斯的拜火教和印度的婆罗门教这样的神秘主义宗教。

学者张弘曾对黑塞的“向内之路”做过详细的剖析，他认为“向内之路”表现了黑塞对生命和存在等问题的追问，其中，第一个阶段是“寻求自我”，即对自身存在和价值的发现。典型代表作为《悉达多》。第二个阶段是“人格养成”，即以寻求内在的方式主动弥合人与外界客体之间的裂痕，以及人与自身人性的冲突。典型代表为《荒原狼》。第三个阶段是“自我对话”，即在自我灵魂中反映出自然和世界，并能够与之和谐对话。典型代表为《彷徨少年时》和《知识与爱情》。①笔者以为，还应有一个第四阶段：“自我超越”，即在上述三个阶段的“反求诸己”之后，重新面向外部，面向世界和自然，并以放弃自我的姿态与之融为一体。典型代表为《玻璃球游戏》。在《玻璃球游戏》这部晚年巨作中，黑塞虚构了一个类似于国际独立教育区的“卡斯塔里学园”，学园由几所学校构成，其中占据核心地位的是专事“玻璃球游戏”的学校。“玻璃球游戏”也是黑塞虚构之物，象征着人类智慧与艺术的最高境界。在对卡斯塔里学园和“玻璃球游戏”的生动描述中，在对主人公克乃西特的深度剖析中，黑塞始终把中国文化当做人类文化的最高范式来看待。这当然也使得黑塞对中国文化充满了赞誉之词，有的时候甚至是过誉了。在这其中，“套话”的作用不可忽视。黑塞把他理想中的精神境界诉诸“套话”，融合进小说中富有中国韵味的描写。这使得其中的中国形象亦真亦假，有时候是把握了中国文化精神内核的高度神似，有时候则是借用中国形象之酒来浇自我心中块垒。

另外，我们必须认识到，黑塞的认知模式里很大的一个特点，就是一以贯之的“乡愁”（nostalgia）情结。他的第一部小说《卡门青德》被中

① 张弘．黑塞的“通向内在”之路与东方智慧［J］．外国文学评论，2007（3）：83-84.

国译者翻译为《乡愁》，可谓精到。

既然“乡愁”，便应有“乡”可愁。这个“故乡”在哪里呢？对于黑塞而言，不在德国本土，而在万里之外的东方。从历史学渊源上来讲，西方文明源于东方——古巴比伦、古希伯来乃至古希腊古罗马，都在欧洲的东方或者欧洲大陆的东部。东方才是欧洲文明的故乡。然而欧洲精神从东方富有宗教和神秘主义气息的母体中诞生出来已经很久了，它早已成了“没有母亲”的欧罗巴孤儿——黑塞小说中反复出现的“没有母亲”的意象，其根源正在这里。黑塞也正是因此愁肠千结，对欧洲的前途心灰意冷。

“故乡”，其外在对应物是万里之外的东方，其内在对应物则是黑塞从童年起就沉迷于其中的与现实世界遥相对应的“魔术”世界。

第三节 逆向套话的价值

通过上面的阐释分析，我们可以得出结论：黑塞对中国形象的认知，代表了西方文化继欧罗巴中心主义之后对东方的一种重要的全新认知。与之前的欧罗巴中心主义对东方的刻板印象形成鲜明对比，我们可以说黑塞对东方的程式化的讴歌是一种“逆向套话”。这种独特的“套话”构成了西方世界近代以来对东方、对世界的主要文化认知的一个反例。一直以来，无论是西方人还是东方人，都认为近代以来，西方对东方的认知是居高临下的、主体观照客体式的；但是黑塞对中国的认知打破了这一范式，并且是由西方人自己从内部打破的。这与萨义德和斯皮瓦克等具有东方血统和文化背景的“打入西方内部”的学者的姿态既有相似之处，又有很大的不同。将黑塞的“逆向套话”现象纳入与“东方学”等话语体系相互观照的视域之内，可以极大地拓展我们的思路，也可以弥补后者的不足。

一、“逆向套话”对东方学的反拨

提到涉及东方的想象，就必然要涉及在当代西方学术界掀起轩然大波的萨义德的东方主义研究。他的东方主义研究一反学术传统，从一开始就具有明显的意识形态批评倾向。在萨义德看来，在“宗主国”与“边缘国”相互对立的权力话语模式中，边缘国往往是仅仅作为宗主国“强大神话”的一个虚弱陪衬出现，面对文化霸权，只能贬损自己的本土文化，而宗主国的文化霸权则虚构出一种“东方神话”，以此显示其文化的无上优越感。①一般认为，“东方主义”虚构了一个东方，使东方与西方具有了本体论意义上的差异，而且这种差异暗含了西方优于东方的理论预设。因此在东方主义看来，西方必然用有色眼镜去看待东方，凭空创造出一种被贬低和被陌生化的“他者”形象，即萨义德所言：“东方几乎是被欧洲人凭空创造出来的地方，自古以来就代表着罗曼司、异国情调、美丽的风景、难忘的回忆、非凡的经历。”②这些凭空创造出来的想象在一开始时并非起着贬低东方的作用，但是随着时间的推移，东方学日益被用作“控制、重建和君临东方的一种方式”，即通过这种虚构来达到把握东方、为东西方之间的权力关系铺设理论基础的目的。

然而，我们可以看出，黑塞的中国形象“套话”是个明显的反例。在黑塞的时代，包括德国在内的欧洲是宗主国，中国、印度等东方国家是边缘国。在欧洲社会的整体氛围中，对东方的态度的确是贬损、轻视、扭曲的。然而黑塞是如此特殊且卓绝的存在，东方主义的预设在他的世界里是不成立的，他独自创造了对抗时代的另一种“强大神话”。他作为文化霸权一方的一员，却反其道而行之，对东方表示由衷的赞美。这无疑是对萨义德的东方学理论的一种反拨和补充。

东方主义的概念具有明显的多义性和宽泛性，它横跨文化、历史、文学、政治诸学科，尤其带有明显的政治理论色彩，这无可避免地造成了两种后果：第一，东方主义这一概念的使用者身份复杂，立场多元。第二，使用者按照自身利益来对东方主义进行主观解读的可能性非常大。政治家

---

① 朱立元. 当代西方文艺理论［M］. 上海：华东师范大学出版社，2005：417.

② ［美］爱德华·W. 萨义德. 东方学［M］. 王宇根，译. 北京：生活·读书·新知三联书店，1999：1.

出于各种政治需要而青睐它或抨击它，学者根据本学科的特点和需要来改造它，或者侧重于它的某一方面来展开理论阐释。这使得对这一概念的阐释充满了各种各样的主观误读。如站在西方宗主国立场的解读者，会不满于萨义德对宗主国文化霸权的猛烈抨击，指出它可能有煽动文化保守主义的倾向；而第三世界的民族主义者则恰恰相反，高声欢迎萨义德“主持正义”的理论创见，使用“东方主义”或“东方学”这一概念来作为将其民族主义情绪理论化、系统化的工具，在某种意义上创造出一种“西方主义”来强化东西方文化冲突，这显然不是萨义德的本意。按照《东方学》在 1995 年英国再版前言中的说法，萨义德提出的东方学旨在消除僵化冰冷的二元对立模式，消除“欧罗巴中心主义”的成见，其本质是后殖民主义理论的解构化倾向。它并不寻求建立一个新的“东方中心”来对抗“西方中心”，而是希望解构一元霸权，建立多元共存、和谐相处的后殖民时代文化图景。然而，事实的另一方面是，萨义德的这一呼吁，恰恰表明了他的东方学理论被滥用的范围之广和程度之深。“作者”本人的正本清源，并不能妨碍“读者”的多重误读。这些误读带来的后果，一方面反映了第一世界学术圈内的第三世界学者在思想和个体经验上的撕裂和尴尬境遇，另一方面也使得第三世界面临着在尚未完成现代转型之际被文化保守主义重新笼罩之虞。

因此，为了消除对东方主义的误读和滥用，我们必须学习黑塞的智慧和气度，学习他“身心分离”、“背叛”自己的民族和文化的做法。简而言之，就是在彰显自身所处的文化之伟大、提升对自身文化之自信之前，务必警惕狂妄自大的文化保守主义和极端民族主义倾向，务必虚心冷静地向异质文化——无论它是高高在上的文化霸权，还是行将没落的明日黄花——学习，仔细分析之、研究之、学习之、扬弃之。最终将其与本土文化有机且和谐融洽地结合起来，实现融会贯通的“玻璃球游戏式”的多元文化内在和谐。

在东方主义那里，有色眼镜是“墨镜”，而黑塞的有色眼镜是“魔镜”。因此，从某种意义上说，黑塞是一个“反东方主义者”。

但是，换一个角度，黑塞的终极目标与萨义德对东方主义的“正读”又是高度契合的。二者的目的都是令作为整体的人类文化共同体超越那种东西方对垒的传统观念，达到和谐共处、和而不同的境界。这一境界，在黑塞的小说里即是“玻璃球游戏”的隐喻。

黑塞也认为东西方具有本体论意义上的差异。然而，与东方主义“厚西薄东”的理论预设——这也是萨义德极力批评的焦点所在——不同，黑塞明显地“厚东薄西”。强调东西方差异和对立的东方主义是近代世界政治格局变迁动荡的产物，也曾一度符合从18、19世纪殖民活动到“二战”后的冷战思维等一系列以西方地位为主导的社会运动和思潮。这一方面是西方实力强大、充满自信的结果，另一方面也是出于继续维护西方利益的需要。然而当时间进入后现代，正在或已经完成现代转型的东方正在对西方重新构成威胁。面对东方“重新崛起”的威胁，有两种反应：一种是强化东方主义立场，声称“黄祸”终将再起，或者像亨廷顿那样强调文化间的冲突；另一种则是呼吁重新审视西方文化本身，以寻求一种东方主义的替代品。萨义德的东方学研究便是后一种的产物。黑塞的“逆向套话”是后一种反应的先声和佐证，它避免了在对包括萨义德的东方学在内的这些观点的阐释过程中产生的偏差和误读。

二、“逆向套话”对中国传统文化现代转型的意义

按照形象学理论，“我”关注和注视他者，他者形象则反过来传递了“我”本身作为注视者、塑造者的某种形象。形象是通过观察者的言说与写作定型的，而一旦定型后，就会成为具有持久性和多语境性的“套话”。例如在西方的中国“哲人王”（Philosopher King）“套话”，从17世纪70年代的闽明我神父（Philpppe Marie Grimaldi）著书建议欧洲所有的君主都要效仿中国的康熙皇帝开始，西方传教士和汉学家都在不断强化这一道德伦理意味浓厚的“套话”形象；强调统治者要加强自身道德修养，让哲学家参与辅佐政治。而在进入18世纪以后，中国形象的“套话”变迁绕不开“黄祸论”，以及欧洲、美国小说对中国人形象的刻板认识。自17世纪末

期开始，整个西方世界对中国形象的表述，基本是贫困、肮脏、混乱、愚昧、残暴等。其中，“黄祸”是有关中国形象的一种极端意识形态化的原型，它代表了整个西方世界在某一历史阶段的集体无意识心理。美国初建时期，对来自中国的劳工既十分需要，同时又担心这些新的外来移民抢占了自己的地盘，“黄祸”思想遂大行其道。在此一时期，美国文学文本中的华人形象大多是十分不堪的低等人种。蓝布褂、瓜皮帽、长辫子成为中国人外貌的特定形象，而抽鸦片、怯懦怕事、不讲卫生、卑躬屈膝等行为也成为中国人的典型举动。这些都可以视为形象学意义上的“套话”。

“西方中心论”并不都是赤裸裸地丑化东方，而是在于以一种文本化而非真实的态度来凌驾于“真实中国”或“真实东方”之上。这一点在黑塞的小说中得到了很好的印证。国内学界谈到关于中国的“套话”时往往集中于关注其丑化的部分，而忽视了像黑塞这样的典型反例。

中国学者在谈到中国的现代转型问题时，也往往存在着对自身传统文化的“六经注我”式的过度阐释和对西方文化的刻板印象，即另一种民族中心主义倾向。说是“另一种”，是指这种民族主义倾向的主体不同，究其根本，其实中国学者的这种民族中心主义，与曾经风行乃至现在仍然大有市场的欧罗巴中心主义如出一辙。这也是“套话问题”之所以重要的另一个原因。历史上有许多关于中国现代转型问题的主义之争，除了方法论上的差异外，往往还能追溯到不同的“套话情结”上。无数学者方家提出了诸多解决“中国走向何处”问题的方案，而这诸多方案，无不建基于“中国是什么”的自我文化认知以及“外国是什么”的异国想象。时至今日，对这一问题的争论仍在继续，而恰恰由于各自掌握了一套不同“套话系统”，才造成了诸多理论、学派之间的争讼不已，甚至反目成仇。因此，研究这一问题十分重要。可以说，从“套话”入手，正确认识和把握国家形象，是任何社会科学领域的学者对“治国方案”进行下一步研究的前提条件。

比如说，关于国家概念，仅西方就存在古希腊城邦、近代民族国家、契约精神和自由主义至上的国家概念等。古希腊的城邦概念强调人是天生的“政治动物”，人必须过城邦生活。整体高于部分，城邦高于个人。城邦的根本原则是维护正义，而“正确的分工乃是正义的影子”。个人不能无视和拒绝城邦分派给自己的社会角色。“它运用说服或强制，使全体公民彼此协调和谐，使他们把各自能向集体提供的利益让给大家分享。……把他们团结成为一个不可分的城邦公民集体。”①这种国家概念强调人的义务性和社会伦理性。而马基雅维利所创造的以权力为国家本质的近代民族国家概念第一次把道德与政治区分开来，把国家看做纯粹的权力组织。这样的国家就像一部轰隆开动的机器，令人望而生畏。故而霍布斯将其比喻为“利维坦”，即海中的大怪兽。在这样的国家概念中，个人的命运和地位虽然理论上与国家可以分开，但实际上仍处处受到威胁。个人与国家的力量对比相当悬殊。时至今日，我们也还在经常使用“国家机器”这样的术语。以卢梭为代表的近代契约论学派创立的以个人权利为基础的个人主义和自由主义的国家概念则认为，国家权力是人民为保护个人的天赋权利而自愿让渡一部分个人权利创设的。因此，个人既是国家的基础又是国家的目的，国家仅仅是人们保障自己权利的工具。这一类型的国家概念中，个人的地位是至高无上的，是国家能够成立的基础，也是国家为之服务的目的。

对于以上三种国家概念，中国学者往往基于其知识结构和思想立场，取其一而舍其他，往往自成体系，却不能说服别家。比如基于中国历史悠久的儒家传统，保守派学者往往倾向于希腊城邦式或民族国家式的国家概念，而批判契约式的国家概念过于理想化。与其相反，自由主义的学者往往视发源于卢梭的契约精神以及对个人自由的保障为国家概念的最高鹄的，高呼平等、自由、民主、科学的口号。这种分歧在近代历史上历次“革命党”与“保皇派”的斗争中，化为各种具体的政治主张的不同。仅举一例：新时期以来，无论学界还是民间，对五四及其余绪的反思可谓不绝于耳。秋风的文章《告别五四，发现保守主义传统》即明言：“新文化

① ［古希腊］柏拉图．理想国［M］．郭斌和，张竹明，译．北京：商务印书馆，2002：279.

运动其实无助于，甚至妨碍了中国现代国家之建立……最好是忘掉新文化运动，发现并接续上现代中国的另一个传统：保守主义传统。”①在列举了余英时、张君劢、陈寅恪等先贤的相关论述后，秋风着重指出，以牟宗三、徐复观等为代表的现代新儒家，既是儒家的现代发展者，又是宪政的坚定信奉者。“回顾现代中国思想史，真正有所成就的，惟有新儒家。”秋风的观点自然招来了启蒙派学者的驳斥。柳士同先生在2010年第9期的《书屋》刊登文章《没有启蒙，谈何宪政》认为，按照秋风的说法，所谓“儒家宪政传统”竟然可以一直追溯到董仲舒那儿，令人惊诧莫名。中国要进入“现代”，起码得让国人懂得和弄清一些基本的现代概念。诸如自由、民主、人权、宪政等，而不是如秋风所言，把这些概念与儒家思想强行比附。更不是如秋风所言，五四运动所倡导的民主和科学是“可以忘记了”的。柳士同最后还引用刘绪贻先生留学芝加哥大学时的硕士论文《中国的儒学统治——既得利益抵制社会变迁的典型事例》为例，直指两千多年中国社会之所以始终停滞不前，缘由不在别处，最大的阻碍正是儒学。

由上例看出，中国学者争论中国传统文化的现代化转型问题，一个典型的症结就在于“套话”体系的不同。现代社会无论是自然科学还是社会人文科学，学科划分日益精细，各个学科耕耘自家一亩三分地，不问人家屋中事。哪怕是同一个一级学科下的二级学科之间，往往知识背景和思维结构完全不同，彼此讨论起来真如俗话所说，鸡同鸭讲。另外个人气质、志趣和审美情趣的不同，也会产生不同的“套话”。在这一点上，黑塞即是很好的例子。先天的气质和后天童年家庭环境的熏陶，使得他成为一个敏感的诗人。学者为学也大抵如是，大多数学者，看似理性客观，但深究起来，其思想中最根本最隐秘的一些审美观念、道德观念乃至最基本的一些学术立场，无不与个人最感性的一些认知有关。能够真正跳出自我局限，不断否定自我、超越自我的，少之又少。而这种由个人志趣发展成为学问，再以学问加强志趣倾向，庶几可用形象学理论来予以解释。学者头

① 秋风．告别五四，发现保守主义传统［J］．随笔，2009（4）．

脑中由黑格尔所言“先天认知结构”及生命早期的教育、环境影响而形成的一些形象，在后来的自我认知和学习中不断得以增强，细节得以填充。因此，各种“套话”争论的根源在于各家学者脑海中对真实世界和精神世界之形象的构建不同。譬如对于“亲亲相隐”，儒家学者将其视为人伦观念的体现，是一个正面的、积极的、充满温情的形象；而启蒙派学者将其视为传统文化的糟粕，与现代法治理念格格不入。双方在这一“刻板形象”的基础之上建立论点，寻找论据，发展论证逻辑；而无论论据多么充分、论证多么严密，恐怕都难以说服对方。新儒家学者与启蒙派学者对中国传统文化、民主宪政之类的概念分别抱有截然不同的想象，各自构成其自成体系的一系列“套话”，然后再在这些“套话”之上开展自己的理论构架，自然无论如何都是说不到一起去的了。

而黑塞的“逆向套话”可以说是打开这一症结的途径之一。恰如《玻璃球游戏》中克乃西特所言：“我们可以断言，从原则上讲，世界上每一个人都可能与任何一个人对话……即使我们各说自己的语言，只要我们都具有良好的沟通愿望，那么我们仍然能够进行许多交流，而且除了实际的东西之外，还会互相揣摩和感受到许多言外的东西。”①一方面，“逆向套话”使我们认识到事物的多元性，要求我们不可能用单向度的眼光去看待某一概念。另一方面，黑塞使用的技巧也值得我们学习：永远采用双极性的论证方式，这使得即便我们频繁地使用“套话”，依然可能达致真理的彼岸。

三、“逆向套话”的认识论价值

“套话”不仅是比较文学形象学的关键词，也是理解跨文化交流过程中层出不穷的误读的关键。任一文化对异质文化貌似冷静的“观察”，实际上往往已经有某种思维定势先行在场。这种思维定式诉诸文学形象和社

① ［德］赫尔曼·黑塞．玻璃球游戏［M］．张佩芬，译．上海：上海译文出版社，2011：145-246.

会语言，即为“套话”。

“套话”的根源在于人类认知的偏好。人们倾向于美化自己熟悉的、属于自己的东西，而敌视贬低不熟悉的外来事物。这是出于动物本性的策略。而双极性的思维方式是人类的高明之处，即便是其所指的双极性并非总是和谐共处、相互映照。相反，在绝大多数时候，人们总是高举其中一极，同时严厉贬斥另一极。这必然导致误读、扭曲甚至与真理背道而驰的荒谬愚蠢。典型的例子就是人类历史上诸多对异质文化的看法。外国作家对儒家文化的采用、更新是这样，对道家、佛家思想亦然。这些异质文化也因接受者的视角、选择和需要，呈现出相异的文化形态：始而被视为“邪说”，继而被看做补救社会缺失和人类创伤的灵药，是开发人性的智慧，终而被当作摆脱人类生存困境、营造精神家园的“有示范性意义的文化模型”（斯洛特戴克语，卫茂平引）。①

而如果站在中国本位来看，近代时期是中国开始长达一百多年的“师夷长技以制夷”的痛苦追赶时期。在 21 世纪的第二个十年，中国终于在经济上暂时消除了危机感，开始了文化大国的新征程。国家形象是一个国家综合实力和民族精神的表现与象征，是一种国家软实力。在这样一个时代，对中国本身的传统文化、对西方文化的重新定位，都已经走到了历史的节点上。对包括黑塞的“逆向套话”在内的套话现象进行研究，恰逢其时。

黑塞笔下的中国是与众不同的，也是难能可贵的。正如上面提到过的，一方面赫尔曼・黑塞具有强烈的反思精神，对本国文化抱有怀疑乃至否定的态度，而对异质文化非常着迷。这使得他有别于几乎所有同时期的欧洲作家。另一方面他又极力称赞东方文化，认为欧洲已经走向没落，世界历史的未来在于学习东方文化的神秘主义和保守主义。这又使得他有别于大多数第三世界作家。他永远从个人出发，而不沉迷于宏大叙事和社会

① 卫茂平，等．异域的召唤——德国作家与中国文化［M］．银川：宁夏人民出版社，2002：（前言）14-15.

运动的理论术语，因此他所理解的国家形象，与教科书上的完全不同，却更能给我们以独特启示。他认为只有单个的人才是最根本、最重要的，人与人之间的社会关系倒是无关紧要的表象。他的思想，典型地体现了德国哲学延续两百余年的理性哲学与非理性哲学的分野。他与叔本华、尼采乃至后来的存在主义者是气味相投的，与黑格尔、康德乃至上溯两千多年的柏拉图则格格不入。作为非理性哲学的代言人，他的观念，以及作为观念之投射的其作品中的“逆向套话”，对弥漫当代社会的“现代病”有非常对症的疗效，对中国如何重新定位和审视自我国家形象的塑造也有莫大的借鉴作用。

总体来看，中国形象在数百年来一直是西方关注的热点，中国形象的变迁，一方面显示出西方世界对中国的想象、认识和态度；另一方面，也是中国近代历史地位的真实写照。中国融入世界潮流和现代化进程，是一个双向互动的过程。中国走向世界，世界也在认识和接纳中国。从近代历史来看，“外面的”人往往表现得比中国国人更为主动和大胆。正如钱锺书先生所言：“咱们开门走出去，正由于外面有人推门、敲门、撞门，甚至破门跳窗进来。”① 毋庸讳言，百余年来，中国一直被动、落后，对外部世界的认识也远远没有外部对中国的认识那么透彻。甚至在中国自己社会和文化的某些方面，外部世界的研究和认识都要比中国人自己深刻和全面得多。因此，多听听、多看看外来文化对中国形象的塑造，无论是纯属想象的还是依据事实的，甚至是夸大扭曲、别有用心的也罢，其实对于认清历史和现实，认清中国文化未来的发展方向都是有好处的。

虽然西方对中国形象的塑造难免带有不同程度的歧视、歪曲和误解，但不可否认的是，其中不乏观察细致、体会深刻、既有敏锐洞察又有真切同情的真知灼见。通过阅读这些著作，我们会惊奇地发现，无论是从未到过中国的外国学者，还是在中国浸淫数十年的外国传教士，他们常常能揭

① 钟叔河. 走向世界——中国人考察西方的历史［M］. 中华书局，2010：（钱锺书序）2.

示出我们中国人自己习焉不察的一些独特的文化特点，其中有一些是缺陷，有一些是优点。而他们对中国社会方方面面的描述和记载，也都是非常难得的历史资料。一般认为，西方的中国形象是西方人从他们自身文化立场出发建构的，有受其社会文化结构左右的内容。这些内容固然有对中国文化的变形，但又何尝不是中国文化融入外界、进入世界整体文化的法门？这正为我们研究中国文化的现代化和全球化提供了难得的借鉴。可以说，西方人几百年来对中国形象的论述，已经为中国文化的现代转型搭建好了一条“具有西方特色”的桥梁，我们既可以沿着这座桥梁走下去，更可以借鉴这座桥梁的样式、结构和建筑理念，自己动手搭建一座“中国特色的文化之桥”。由此看来，研究国际视野下的中国形象流变，可谓重要至极！这其中，黑塞作品中涉及中国形象的“逆向套话”，应占有相当的分量。

黑塞的独特审美与思想倾向，很大程度上可以说与他的家庭背景和同年、青少年时期的经历有关，他终生都在反抗现实，在追寻早已失落的那个童年的梦。在挣扎的过程中，他自觉不自觉地将德国和欧洲的社会现实作为批判的对象，而将印度和中国文化作为理想的梦幻之国。这给他的作品打上了浪漫和神秘的烙印。固然，有时候仿佛是过于浪漫和神秘了，过于强调个人与社会的对立了；但不可否认的是，黑塞是独一无二的，他的浪漫和神秘、他的与现实社会格格不入，反而使他与纷乱芜杂的时代思潮拉开了距离，站在一个较远的距离上冷眼旁观整个欧洲文化，从而得出一种极具全球视野的人类整体文化观。

《玻璃球游戏》的主人公曾经与他的导师“音乐大师”有过下面的对话：

> ——现在一切都互相矛盾，一切都自行其道，有什么是确实可靠的呢。事事既可以这么解释，又可以反过来那么解释。人们能够把整个世界的发展历史说成是发展和进步，也同样能够将之叙述为一无所适的堕落和荒谬。难道真的没有真理吗？难道不存在纯正而有效的学

说吗？

——真实是有的，我的孩子，你不应该去渴求一种完善的学说，而应该渴求让人自己完善无暇。神性在你自己心中，而不在任何概念和书本里。真理是体验而得的，真理无法传授。①

笔者以为，这样的温和且不失睿智的论调，对于解决争论是有好处的，起码，可以打下一个对话的基础。而这样的论调在中国传统文化中并不罕见——甚至有些泛滥了——关键在于，如何避免将传统文化降格为蒙昧的非理性，如何竭力完成传统文化的一个现代化转型，实实在在地将启蒙和理性主义引入中国社会，并将其与传统相融无间地结合起来，使得传统文化升格为建立在理性和现代性之上的“具有中国特色的非理性”。

《玻璃球游戏》的主人公克乃西特在青年求学时代，也曾经与同学普林尼奥发生过激烈争论。他们对于知识分子的地位和价值有着截然不同的看法。克乃西特强调知识分子的独立和超拔，认为精神世界高于世俗。来自世俗世界的普林尼奥则嘲笑知识分子的自恋和自负，指出知识分子若想使精神世界和所谓学问变得有价值，必须立足于与现实世界的联系。这样的争论，似乎在现实中、在今日的中国社会上，也常常能听到。儒家学者与启蒙派学者的争论，从某一角度切入的话，也与这个话题非常契合。但在小说中，正如前文所述，克乃西特最终意识到：“普林尼奥的见解里确实有我无法简单否定的内容，他唤醒了我内心的共鸣，有时候十分强烈，要求我支持他的见解。”确实，当面对真理的时候，任何人都会有同样的感觉。启蒙派面对新儒家如此，新儒家面对启蒙派亦是如此——只要彼此不抱有门户之见和意气之争，彼此都会在对方身上看到真理的光辉。笔者以为，这部小说就算仅仅从这一点来看，其价值

① ［德］赫尔曼·黑塞．玻璃球游戏［M］．张佩芬，译．上海：上海译文出版社，2011：64.

也是巨大的。

就当前而言，重塑中国的国家形象，需要借鉴古今中外的优秀经验。笔者以为，对外应以德为鉴，对内应以史为鉴。

文艺复兴之后的欧洲，可谓人类历史上的一次奇迹，它是继轴心时代之后人类第二次文化高峰。这时的欧洲，生产力高度发展，文化空前繁荣。而变化最大、最为引人瞩目、影响最为深远的，当属欧洲整体从古典走向现代，从传统基督宗教文化走向信仰和思维的现代化转型。这一转型使得欧洲一举超越世界其他地区，取得了全球霸权。德国则是奇迹中的奇迹，它发展缓慢，在本来就一片黑暗的中世纪欧洲尚属落后地区。然而自16世纪初开始，准确地说是从1517年马丁路德宗教改革开始，德国便悄悄地开始了变化。在短短两三百年间，迅速崛起，成为军事、政治、经济和文化上的大国强国。

德国的意义有两点：第一，典型地体现了欧洲的现代转型之路。第二，对中国有非常明显的借鉴意义。如中国近代史上“师夷长技”以学习德国最多；德国哲学学习中国古典哲学最多尤其是非理性转向直接汲取中国养料。

反观中国，尚徘徊于现代化之路。因此，第一，中国要走向现代，目前还必须向西方学习，研究现代转型的路径。德国是很好的学习对象。第二，中国经济正在崛起，如何在崛起中既复兴传统文化，又避免狂妄自大，十分重要。对于传统文化的研究，必须与现代化结合起来。德国也是非常好的研究对象，可以提供参照和不同视角。

黑塞的特殊性和重要性体现于此。了解黑塞，汲取其作品中的营养成分，对于认识当前形势、解决当前问题很有帮助。

比如，对于争讼不休互相攻击的启蒙派和保守派，其实黑塞在《悉达多》里的话就很值得学习：

> 就每一种真理而言，它的反面亦同样真实。举例言之，一种真

理，只有在它是片面的真理时，才可以用语言加以表达和推演。大凡可以想象得到，且可以用语言表述的东西，只是片面的，只是半边的理想；这种理想完全没有整体性、圆满性、统合性……但这个世界的本身，既在我们里面又在我们外面，绝不是片面的。①

这对于往往陷于学理争论而忘记现实的学院派来说，是极为精当的提醒。一切学问当出自自我的心灵观照，出自对现实问题的关注和责任感，而非寻章摘句、死抠字眼。“理论是灰色的，生命之树长青”，通过阅读黑塞，我们可以将理论之争稍微平息一点，回归到一个知识分子、一个人真正的本质上来。有学者就认识到了这一点：“黑塞的心灵途径并不是他独辟的蹊径，而是所有祈求精神生活者的共同道路，西欧化之道如此，东方亦复如此。”②对此，笔者十分赞同。黑塞的思路和审美倾向是从个人出发，回到个人，与宏观社会关系不大。因此有人说他对东方的讴歌不能说明什么，只是一种个人爱好罢了。但其实不然。无论东方西方，任何一个个人的内心追求都是可贵的，也都是有章可循的。从懵懂到启蒙，再从理性复归非理性，便是主要规律之一。个人如此，社会发展也是如此，做学问更是如此。恰如学者 Mark Boulby 写于 1967 年的《赫尔曼·黑塞：他的思想和艺术》所言：“通过对黑塞作品的想象和语言的深入研究，我们会发现了许多主题和象征模式（thematic and symbolic patterns）。通过追踪黑塞精神发展的蛛丝马迹，我们看到，除了之前的黑塞研究所揭示的浪漫主义影响之外，还存在着多种影响因素：新浪漫主义、表现主义、新东方主义，以及黑塞本人狂热推崇的弗洛伊德精神分析流派。所有这些思潮都被仔细考察并指向一个结论：黑塞的著作，由于它不拘一格的风格，折射出德国

① ［德］赫尔曼·黑塞．流浪者之歌［M］．徐进夫，译．上海：上海三联书店，2013：224-225.

② ［德］赫尔曼·黑塞．乡愁［M］．陈晓南，译．上海：上海三联书店，2013：（译序）1.

乃至整个西欧世界20世纪前几十年文学和思想史的许多东西（Hesse's work, because of its eclectic nature, reflects much of the literary and intellectual history of Germany, indeed of Western Europe in the first few decades of this century）。"①时光荏苒，半个世纪后的今天，笔者完全可以沿着Boulby的思路继续讲下去：黑塞的个人精神世界的成果，无论是对文学、艺术还是对政治、哲学，无论是对"西方的没落"还是对"东方的伟大复兴"，都有极其重要的参考价值。——当他坐在那里默默写作的时候，我们以为他只是在自说自话；而当他从他的坐垫上抬起身的时候，我们才发现，他表达了整个世界。

综观黑塞的作品，"童年"和"故乡"可说是他的两大题材，此二者是和平和幸福的乐土，同时也意味着它们是分裂和苦恼的开始。就黑塞而言，他在执笔《乡愁》之前，已经含蕴着对生存的深刻苦恼以及对现代文明社会的敏锐怀疑，于是极力去寻求他的"故乡"。在这一点上，黑塞无疑与新儒家等文化保守主义者是相通的，而与启蒙派背道而驰。对现代社会的怀疑，让黑塞反观内心，向东方寻求安慰。这是向后看，还是向前看？大概对个人而言是向后看，对人类发展是向前看。如果是向后看的话，那么与孔子的克己复礼的文化保守主义有何区别？最大的区别可能是：黑塞的向后看是个人的，是建立在理性之上的非理性。而孔孟之道的向后看是社会性的，带有政治诉求，要用来指导社会发展的。黑塞的建立在理性之上的非理性永远只向内，不向外。他反求诸己，不希望拿来改造社会、营建理想之国。这一点是黑塞与一般的文化保守主义这最大的区别。在尊重人性、抵制传统束缚的一面上，黑塞又恰恰与启蒙主义者相通，而站在了文化保守者的反面。

因此，我们可以说，作为一名真正的思想者，黑塞已经超越了启蒙与传统的界限，他与二者相通，又与二者都不相同。在当代重新塑造中国的

① Klaus W. Jonas. Book review on Hermann Hesse. His Mind and Art [J]. The Modern Language Journal, 1969, 53 (2): 129.

国家形象上，黑塞的借鉴意义在于两点：

第一，他大力赞扬东方文化，讴歌中国的儒家、道家哲学，将其看做比欧洲文明先进百倍的早熟文明、真正的人类智慧精华。这为经历了近代波澜的我们重新审视传统文化，汲取传统养分，重塑国家形象提供了信心和鼓舞。

第二，黑塞也为我们反思和批判传统文化、积极学习异质文化提供了榜样。黑塞作为德国人，却不一味赞美德国和欧洲，反指出其缺点，甚至是致命的缺陷。这种极其诚恳的反思态度和求实精神，更值得我们学习。

在形象学研究中，对国家形象进行研究的很多，对异国想象研究更是形象学研究的大宗。黑塞作品中极为突出而有特色的中国形象是很好的研究对象。赫尔曼·黑塞和托马斯·曼、罗曼·罗兰和史蒂芬·茨威格一样，是坚定的反战者和国际主义者，他们相互支持唱和，反对战争，反对狂热的民族情绪，反对理性设计对人的自然天性的戕害。这样的国际主义传统主要继承自歌德，但本质是继承自历史悠久的古希腊爱智传统。真正的智慧不是一味强调理性的作用，而是在恰当的时候看到理性的不足。真正的智慧也不是看到理性的不足之后就一味反对“理性的暴政”，而是运用头脑来思索如何达到平衡。简而言之，抛弃教条，追求真理，这才是真正的爱智。真正的智慧者也绝不会认同非黑即白的“爱国”与“叛国”的界定，不会认同狭隘的民族主义观念。他们认同人类一家，也强调各种文化求同存异、和而不同。他们的思想和创作风格各有不同，追求真理的法门亦各不相同。对于赫尔曼·黑塞而言，他走的是一条非常独特的感性之路、神秘之路。用他自己的话说，是一位“魔术师”的成长之路。这位魔术师带给世界一种新的对于中国形象的认知，即本书中笔者强字之的“逆向套话”。

赫尔曼·黑塞的另一重要特征是，他永远从个人出发，而不沉迷于宏大叙事和社会运动的理论术语。一方面这使得他的观念非常个性化，在社会学家和哲学家看来似乎不足为训。但另一方面，他的思想又远超书本教条和宏观话语。他很早就悟透了佛教禅宗“不立文字”的奥秘，并在他的《悉达多》中作了就文字所能达到的深度而言非常极致的阐述。永远从个人出发，永远从人性出发，这是黑塞认识世界和创作艺术的诀窍，也是他能带给我们的最重要的启示。依照这一途径构建起来的国家形象，才是有血有肉、有意义的。

结　　语

赫尔曼·黑塞的文学创作，哪怕对于西方世界来说，在相当长一段时期内也是小众化的。他不被德国同胞所理解，也不被异国读者和学界看好。然而在关注现代语境下个人的生存困境、追问文化发展走向、倡导心灵的充盈和人格的完善、对抗物质和技术对人的异化等方面，他又一点儿也不小众。他与一大批现当代作家同声相应、同气相求。他所关注和反思的是“真正的哲学问题”，并以自己的方式给出了答案。这也是他能够最终享誉世界的根本原因。

黑塞小说的独特风格，除了他极具个人特色的诗化语言之外，最重要的当属他的独特立场：他既秉承了厚重的德国浪漫主义传统，又醉心于东方智慧的致命吸引；他既是“最后一个浪漫主义骑士”，又是毅然踏上“东方之旅”的 H. H；他深爱故土，却不断“唱衰”祖国和本土文化；他孜孜以求东方文化的精髓，最隐秘的心理动因却是从童年就萦绕心头的“乡愁”和“魔术”。无论从哪个角度来说，他都是一个“心不在焉的逃学的孩子”，都是一个“身在曹营心在汉”的“叛徒”。他就像自己笔下的那些流浪汉和神秘主义者一样，在怀着乡愁的同时毅然放弃了对故乡的依恋，而将眼光投向遥远的地方。

与他的时代先行者伙伴诸如托马斯·曼、茨威格、罗曼·罗兰等人一样，黑塞敏锐地觉察到了欧洲现代文明理性至上的本质缺陷。而与这些伙伴致力于从欧陆本土文化里寻找出路不同，黑塞很早就踏上了他的东方之旅。他学习、讴歌和借鉴波斯拜火教、印度佛教以及到中国儒家思想、道家思想的东方智慧，在其中的神秘主义和非理性思维里找到了“知音”，并力图从中寻找拯救西方文明现代精神危机的出路。他的这一思路与斯宾格勒《西方的没落》等学术界声音如出一辙，具有相当的真理性。而更重要的是，他在文学作品中表达出来的真诚讴歌和深沉思索，反过来也为古老的东方文明提供了面对强势西方的自信，在一定程度上指明了东方文明发展的方向：既虚心学习西方的现代文明理念，同时又保护和珍视自身的传统和特点，寻求东西方文化的融会贯通。

在近代以来的全球化过程中，东方世界各国陆陆续续或主动或被动——不幸的是，历史上发生的往往是后者——地走上了现代转型的道路，在这一过程中所经历的冲突、误解、对立和仇视，能够在史料和文学作品中挫诸笔端的，仅止万一而已；而其在社会现实层面造成的狂热的激进、愚昧的自锁、无谓的消耗乃至血腥的杀戮，又是多么令人扼腕痛惜！造成这一可悲场景的，现实利益的考量是一个方面，而更重要的另一方面，则是思维层面上的分歧。正如前文所言，人们依据不同的个人经历来塑造自己对世界的观念，形成种种“套话”，而“套话”的存在又反过来加强人们的思维定式。加上现实的干扰，《玻璃球游戏》中理想化的思想沟通绝无实现的可能。人们在“套话”的争斗中日益自我缠绕，不知伊于胡底！唯有从全面观察和独立自省出发，建立起与众声喧哗的大众成见相抗衡的“逆向套话”，方可窥见希望。在这一层面上来说，黑塞是十分理智的，其思想也是极具价值的。

要理解黑塞的“逆向套话”并不容易。首先，正如他的大多数德国同胞的创作风格一样，黑塞的作品与其说是提供大众娱乐的消遣品，不如说是提供深沉思索的材料和成果。深沉、严肃、富含内在的激情而缺少外在的娱乐性是黑塞作品的特征。其次，黑塞极其钟情于象征和暗喻手法，他将自己从世界抽离，将自己面对的外部世界的一切翻译为某种内在的象征物——正如笔者在上文中分析到的那些智者形象、母亲形象和同性友爱意象，对这些微妙的暗喻重新解码，需要耐心反复琢磨。最后，也是最重要的，黑塞的“逆向套话”营造了一个极具个人特色的“魔法世界”，这个世界的逻辑往往并不符合一般读者的阅读预期，甚至会颠覆读者世界观里的许多东西。而这，也恰恰是黑塞的创作的价值所在。

黑塞小说的“逆向套话”重要之处在于，黑塞在二律背反的认知模式中提供了富有张力的见解，他一直试图融合东西方文化，试图摸索出一种人类共同道路。这样的努力正是当前我们所需要继承和大力发扬的，黑塞的独特见解也必将给我们提供极其有益的养料。他的智慧话语，是消除一般意义上的“套话”所造成的偏见和狭隘的良药。

参 考 文 献

［德］赫尔曼·黑塞．孤独者之歌［M］．蔡伸章，译．上海：上海三联书店，2013．

［德］赫尔曼·黑塞．读书随感［M］．李映萩，译．上海：上海三联书店，2013．

［德］赫尔曼·黑塞．生命之歌［M］．吴忆帆，译．上海：上海三联书店，2013．

［德］赫尔曼·黑塞．漂泊的灵魂［M］．吴忆帆，译．上海：上海三联书店，2013．

［德］赫尔曼·黑塞．在轮下［M］．张佑中，译．上海：上海译文出版社，2011．

［德］赫尔曼·黑塞．流浪者之歌［M］．徐进夫，译．上海：上海三联书店，2013．

［德］赫尔曼·黑塞．知识与爱情［M］．宣诚，译．上海：上海三联书店，2013．

［德］赫尔曼·黑塞．荒原狼［M］．赵荣登，倪诚恩，译．上海：上海译文出版社，2011．

［德］赫尔曼·黑塞．彷徨少年时［M］．苏念秋，译．上海：上海三联书店，2013．

［德］赫尔曼·黑塞．东方之旅［M］．蔡进松，译．上海：上海三联书店，2013．

［德］赫尔曼·黑塞．乡愁［M］．陈晓南，译．上海：上海三联书店，2013．

［德］赫尔曼·黑塞．玻璃球游戏［M］．张佩芬，译．上海：上海译文出版社，2011．

［德］赫尔曼·黑塞．悉达多［M］．张佩芬，译．上海：上海译文出版社，2013．

［德］赫尔曼·黑塞．黑塞之中国［M］．［德］乎克·米歇尔斯，编选，谢莹莹，译．北京：人民文学出版社，2011．

［德］赫尔曼·黑塞．黑塞诗选［M］．林克，译．重庆：重庆大学出版社，2014．

张佩芬．黑塞研究［M］．上海：上海外语教育出版社，2006．

马剑．黑塞与中国文化［M］．北京：首都师范大学出版社，2010．

张弘，余匡复．黑塞与东西方文化的整合［M］．上海：华东师范大学出版社，2010．

［德］托马斯·曼．魔山［M］．钱鸿嘉，译．上海：上海译文出版社，2006．

［英］罗素．西方哲学史［M］．何兆武，李约瑟，译．北京：商务印书馆，1976．

卓新平．当代西方天主教神学［M］．上海：上海三联书店，1998．

［德］席勒．席勒散文选［M］．张玉能，译．广州：百花文艺出版社，1997．

夏瑞春．黑塞与中国［M］．法兰克福：苏尔坎普出版社，1974．

陈铨．中德文学研究［M］．沈阳：辽宁教育出版社，1997．

卫茂平，等．异域的召唤——德国作家与中国文化［M］．银川：宁夏人民出版社，2002．

卫茂平．中国对德国文学影响史述［M］．上海：上海外语教育出版社，1996．

丁建弘．德国通史［M］．上海：上海社会科学院出版社，2002．

［德］阿尔伯特·史怀哲．中国思想史［M］．常暄，译．北京：社会科学文献出版社，2009.

［古希腊］柏拉图．理想国［M］．郭斌和，张竹明，译．北京：商务印书馆，2002.

乐黛云，［法］李比雄．跨文化对话（四）［M］．上海：上海文化出版社，2000.

［美］R. 韦勒克．批评的诸种概念［M］．丁泓，等译．成都：四川文艺出版社，1988.

［法］马·法·基亚．比较文学［M］．颜保，译．北京：北京大学出版社，1983.

史景迁．文化类同与文化利用［M］．北京：北京大学出版社，1997.

［英］赫德逊．欧洲与中国［M］．李申，等译．北京：中华书局，1995.

［美］何天爵．真正的中国佬［M］．鞠方安，译．北京：中华书局，2006.

马克思恩格斯选集（第四卷）［M］．北京：人民出版社，1972.

［美］马歇尔·麦克卢汉．理解媒介——论人的延伸［M］．何道宽，译．北京：商务印书馆，2000.

［美］尼尔·波兹曼．童年的消逝［M］．吴燕莛，译．桂林：广西师范大学出版社，2011.

［德］歌德．浮士德［M］．杨武能，译．合肥：安徽文艺出版社，1998.

杨武能．歌德与中国［M］．北京：生活·读书·新知三联书店，1991.

聂珍钊．世界文学史（第二卷）［M］．武汉：华中科技大学出版社，2004.

陈序经．文化学概观［M］．长沙：岳麓书社，2010.

［德］马克斯·韦伯．儒教与道教［M］．王容芬，译．北京：商务印

书馆，2003.

［瑞士］皮亚杰．发生认识论原理［M］．王宪钿，等译．北京：商务印书馆，1986.

（魏）王弼．老子道德经注校释［M］．楼宇烈，校释．北京：中华书局，2008.

［美］成中英．论中西哲学精神［M］．上海：上海东方出版中心，1991.

朱立元．当代西方文艺理论［M］．上海：华东师范大学出版社，2005.

［美］爱德华·W. 萨义德．东方学［M］．王宇根，译．北京：生活·读书·新知三联书店，1999.

［德］汉斯-格奥尔格·加达默尔．真理与方法：哲学诠释学的基本特征（上卷）［M］．洪汉鼎，译．上海：上海译文出版社，2004.

孟华．比较文学形象学［M］．北京：北京大学出版社，2001.

杨国学．屈原与浮士德［J］．甘肃理论学刊，1988（3）.

马建．寻求自我之路——论赫尔曼·黑塞的《悉达多》［J］．外国文学评论，2004（4）.

张弘．黑塞的"通向内在"之路与东方智慧［J］．外国文学评论，2007（3）.

方晓明．追踪生活之母——读黑塞《纳尔齐斯与歌尔德蒙》［J］．山东师范大学学报（社科版），1990（5）.

周宁．西方的中国形象史：问题与领域［J］．东南学术，2005（1）.

秋风．告别五四，发现保守主义传统［J］．随笔，2009（4）.

杨武能．何只"自强不息"——"浮士德精神"的反思［J］．外国文学研究，2004（1）.

夏腊初．"浮士德精神"内涵的再思考［J］．高等函授学报，2005（4）.

卢伟．对"超人"的"圣人化"误读——浮士德精神新论［J］．东京文学，20011年9月.

邢晓飞．中国人是如何由白变黄的［J］．随笔，2009（4）．

Elizabeth HopeChang. Britain's Chinese Eye：literature，empire，and aesthetics in nineteenth－century Britain［M］．Redwood City，CA：Stanford university press，2010.

Mark Boulby. Hermann Hesse. His Mind and Art［M］．Ithaca，New York：Cornell University Press，1967.

Patrick O'Neill. Acts of Narrative：Textual Strategies in Modern German Fiction［M］．Toronto：University of Toronto Press，1996.

Thomas Nipperdey. Germany from Napoleon to Bismarck［M］．New Jersey：Princeton University Press，1996.

Otto Pflanze：Bismarck and the Development of Germany［M］．New Jersey：Princeton University Press，1990.

Ernest Robert Curtius. Essays on European Literature［M］．New Jersey：Princeton University Press，1973.

Peter E. Gordon，John P. McCormick. Weimar Thought：A Contested Legacy［M］．New Jersey：Princeton University Press，2013.

Klaus W. Jonas. Book review on Hermann Hesse：His Mind and Art［J］．The Modern Language Journal，1969，53（2）．

Claude Hill. Hermann Hesse and Germany［J］．The German Quarterly，1948，21（1）．

Johannes Malthaner. Hermann Hesse. Siddhartha［J］．The German Quarterly，1952，25（2）．

Ralph Freedman. Hermann Hesse［J］．Contemporary Literature，1969，10（3）．

Irina Kuznetsova. The Possessed：The Demonic and Demonized East and West in Thomas Mann's Der Zauberberg and Dostoevsky's Demons［J］．The German Quarterly，2012，85（3）．

Klaus W. Jonas. Book Review on Hermann Hesse: Biography and Bibliography [J]. The Journal of English and Germanic Philology, 1979, 78 (1).

John Derrenberger. Who Is Leo? Astrology in Hermann Hesse's "Die Morgenlandfahrt" [J]. Monatshefte, 1975, 67 (2).

Klaus W. Jonas. Hermann Hesse in Amerika Bibliographie. Monatshefte [J]. 1952, 44 (2).

Joseph Mileck. The Poetry of Hermann Hesse [J]. Monatshefte, 1954, 46 (4).

Manuel Schramm and Uwe Fraunholz. Between the Ivory Tower and the Industrial Laboratory: Universities in the West German Innovation System, 1945-1990 [J]. Historical Social Research, 2012, 37 (2).